我的鲜肉时代

WO DE XIAN ROU SHI DAI

丁浩 著

百花洲文艺出版社
BAIHUAZHOU LITERATURE AND ART PRESS

图书在版编目（CIP）数据

我的鲜肉时代 / 丁浩著 . —— 南昌：百花洲文艺出
版社，2018.7
ISBN 978-7-5500-2883-8

Ⅰ . ①我⋯ Ⅱ . ①丁⋯ Ⅲ . ①故事 – 作品集 – 中国 –
当代 Ⅳ . ① I247.81

中国版本图书馆 CIP 数据核字（2018）第 131735 号

我的鲜肉时代 WO DE XIAN ROU SHIDAI

丁 浩 著

出 版 人	姚雪雪	
出 品 人	柯利明　吴 铭	
特约监制	段雪坤　郑心心	
特约策划	郑心心	
责任编辑	袁 蓉　兰 瑶	
封面设计	辰星书装	
出版发行	百花洲文艺出版社	
社　　址	南昌市红谷滩世贸路 898 号博能中心 I 期 A 座 20 楼　邮编 330038	
经　　销	全国新华书店	
印　　刷	三河市龙林印务有限公司	
开　　本	880mm × 1230mm　1/32	
印　　张	7.5	
字　　数	99 千字	
版　　次	2018 年 7 月第 1 版第 1 次印刷	
书　　号	ISBN 978-7-5500-2883-8	
定　　价	39.80 元	

赣版权登字　05-2018-269
版权所有，侵权必究
发行电话　0791-86895108　　　　　网址　http://www.bhzwy.com
图书若有印装错误，影响阅读，可向承印厂联系调换。

目录

目录

写在前面的话

在今天之前，这些心事你没听过，我也从来不敢讲……

年少时，最讨厌的就是突然间的离别，后来发现连离别这件事都是奢侈的。

年少时，拼尽全力记住的是屡见不鲜的情话，后来发现刻骨铭心的是随口说出的废话。

年少时，我们以为能改变世界，后来发现我们真的可以。

老实说，以前我真的很想听你说你爱我，后来一点也不，因为我很想听自己说我有一点喜欢你。

老实说，其实我的孤独一点也不深刻，简单到身边躺一个人就能揭穿。

　　老实说，世界上真的存在一种缘分，叫作终于我们变得不再像当初一样去爱。

　　没关系，你的努力没有开花，但总会结果，这结果孕育着下个新生。

　　没关系，失去的就让它失去，反正它已经过了保质期。

　　没关系，人生在世，就是一场不断犯错、继续犯错的过程，很像过关游戏，一旦全对即终结。

　　我希望，你永远不要见我，这样子我可以拿着痛苦继续幻想青春。

　　我希望，我从前说给你的承诺都是谎话，这样后来我还有机会和你纠缠不清。

　　我希望，天黑时你在黑暗中叫我的名字，饥饿时你夹给我火锅涮肉，空虚时你说不如我们去看一部烂电影，难过时你抱着我比我哭得更大声，迷路时你说你哪里也不要去我送你回家，想要去爱时，你说，好巧啊，原来你也在这里。

关于青春:

好了，闭上眼，
来回忆下我们的鲜肉时代

◀◀◀

CHAPTER
ONE

我的鲜肉时代

01

〉〉〉

我的鲜肉时代

　　我最爱写的故事都与音乐和初恋有关。我的理解是艺术让我通透，爱情让我热血，生活中有趣的部分差不多由它们来组成。我高中时代有了第一把吉他，那个时代除了念书，就是为念书做准备，基本上玩耍的时间可以用抬头就看得到流星雨一样稀少。我念书的初衷是为了让父母开心，学吉他是为了让女孩开心，可学校这地方，抬头看不见父母严肃的眼神，低头却能看得见女孩的裙摆，自然我的书念得越来越差，写歌的能力越来越棒。在女孩艳羡的目光中，我有了理想，也就是多年后给书取的名字《为自己喜欢的一切而活》。

　　高中流行三件事，打架，唱歌，恋爱。我有了喜欢的女孩，却没有办法去追她，就去学吉他泡妞。可是那个年代，吉他很稀少，一个学长有把破吉他，他弹得不怎样，却招蜂引蝶成了学校的名人。我就主动和他套近乎，每次他练腻了，才让我摸一会儿。后来有一次，他让我帮他洗衣服，洗完衣服答应借我半天吉他。我洗到手指发白，开心地拿着吉他去操场练习。那时有很多女孩过来围着我听我唱歌，我只能勉强地弹半首歌，那个家伙就跑过来一把将吉他拿回去，说不好意思，今天我有演出，以后再借你，然后头也不回地走了。姑娘们失望地散开，那时我心中就想着，老子就算抢银行也要买一把。

　　后来我就每天将伙食费省下来，每天计算着离那把吉他还差多少钱，后来终于在暴瘦二十斤的情况下我抱回了那把红棉吉他。

　　我用吉他追的女孩是班级里的班花。她出身不错，见识广博，收到我的情书，她只回复了一句话，你这两下子我小时候就见识过，不稀罕，有本事别唱别人的歌，写自己的歌，写给我，写一百首再说。那个时候，我写一首歌大概需要一周的时间。一百首，意味着差不多两年。而这两年我也要不念书不闲逛，才能保质保量地完成。就是这样子完全没人性的要求，我一咬牙答复她说，一言九鼎，等我写完了你就回家跟你爸妈说以后铁定嫁给我。

　　后来我写的歌都弹唱给她听了。开始她觉得有点意思，后来被感动，最后哭得一塌糊涂。那天晚上我问她被哪句歌词感动。她说歌词没觉得感动，是你的人，从小到大你是第一个不拿花言巧语哄骗我的人。我有点失落，说不行，我一定要写完这一百首歌，然后用歌曲感动你。

我十七岁性格很烈，她劝不住我，每天晚自习就在操场陪我写歌。等到路灯熄灭我要回去休息，她被蚊子咬了一身包，还在为我修改歌词。后来这些歌录制在那台旧录音机里，找不到了，但是写词让我文笔变得更好。几年后有一次我给报纸投稿，编辑啧啧称赞，这语言有点诗歌化，我很喜欢，只是别动不动就押韵就好了。

后来一百首歌在半年内完成了，我们理所当然地恋爱了。她履行诺言告诉爸妈她喜欢上了一个男孩子。幸运的是，她爸妈都是知识分子，从小对她有良好的教育，并没有反对，而是见了我一面之后，鼓励我们好好读书，等到毕业就让我们完婚。

这句话我记得一辈子，觉得世上的话没有比它更贴心更温暖的了。

后来我没意外地高考落榜，她也是，我去郑州念复读学校，她在本地读实验中学。我们频繁通信，却终不能相见。复读学校管理森严，每个筒子楼的每一层分配三个宿管，都是铁面无私的碎嘴阿姨，门口的保安据说都是军人出身，下手很黑。那时候我天不怕地不怕，没有了弹吉他的机会，就和同学弄假的出入证翘课去喝酒、逛街、看这座城市的纸醉金迷。

每次翘课回到宿舍，我就用蓝屏手机跟她发短信。谈过恋爱的人都知道，话说来说去就那几句，根本抵不上见见面万分之一的甜蜜。当时宿舍有个哥们儿，他的女友在附近的学校，为了见上一面他几乎每天晚上都要翻墙出去跟她约会。后来有次他被保安逮住，着急见女友就破口大骂，保安上来就给他一耳光。他年轻气盛，抓起墙角一块板砖就拍了过去，结果他被打得很惨。后来学校做了处理，其他的好说，那一耳光出了问题，他闪过脸，打在耳朵上，后来耳朵听不到了。

那件事后，那哥们儿就转学了。他一走，宿舍丧失了战斗力，很长时间我只能蒙住头垂头丧气地给远方的女友道思念。我觉得这是青春里最让人心酸的经历，而这些经历，无疑是那些细碎的时光里最珍贵的存在。

大概一心想要取得和她在一起的"合法"权利，后半年我拼命备考。英文词典竟然能够倒背如流，晚上熄灯后还在奋战《5年高考3年模拟》。终于在那个夏天，我从容地考上了心仪的大学。当然她也不差，她告诉我拒绝了十几封情书，每天一想到我就扑进数学题海，总算考上了另外一所不错的大学。

我们虽然仍分隔两地，但见面的机会就多了。短短的一年内我们来往彼此城市的票根加在一起厚厚一摞，谈话的机会多到天文地理都聊个遍。她看我越发得光彩照人，还组了乐队，就让我发誓绝对不能辜负她。她越是这样，我越是觉得这段感情有点乏味。那时候，大学的美好很容易让人蠢蠢欲动，我很怕自己有天撑不住，虽说心里有底线，但底线这东西在诱惑面前基本不值一提。

有一次我的女贝斯手和我打闹，做交杯酒的动作喂饭给我吃。结果那天她提着一大兜零食来看我，气得眼圈顿时通红，扬手要打我耳光。最后抬起的手又放下了，只是骂了一句浑蛋，说我再也不相信你了，就跑走了。

那是我第一次为她产生深深的自责感，觉得自己突然变成了坏人。

后来好长时间她关掉手机不理我。她宿舍的探子说那些日子她天天哭，宿舍里哭，上课也哭，哭得全系都怕她了。我很担心她，就打电话到她家里。她爸爸发怒，将我痛骂了一顿，说以后不要再来找她了。我不死心，又打电话，她妈妈倒是很会做人，说给她一点时间，你们可以的。

但冷静归冷静，我发现她的社交圈子竟然有男生的照片，而且合影很暧昧。我心里暴怒，觉得他们一家都是骗子，但却不知道那个所谓的第三者不过是她的亲表哥而已。

后来我跑去她学校照顾她，每天像哈巴狗捧着她宠着她，就是为了她能够原谅我。当然也解释了我和贝斯手不过是普通朋友关系而已。她总算答应给我一次机会。虽说是给了机会，但言语中总是时不时带着讽刺。后来又闹了几次，她终于彻底地跟我说了分手。那天晚上大雨倾盆，她一个人跑出我的宿舍，连夜搭车回了自己的学校。我一直在雨中追她，却没能追得上，第二天收到了她最后一条短信，既然不爱了，你该早告诉我。我想要解释，但好像她说得挺有道理，突然就觉得乏累了。

但后来我还是虔诚地将解释加讨好的话写了一百多条给她发了过去。没想到统统石沉大海。我心灰意冷，明白覆水难收，就接受了上天的安排。失恋后我经常写一些变态的歌给乐队排练，开始大家表示理解。后来发现我一首歌通篇的脏话，吉他手怒了，骂我白痴。我恼了，嚷道要拿刀刺死他。他突然愣在那里直直的望着我，说一年多的好兄弟，以后再也不要提了。就此乐队解散。

我将吉他扔到一边，情绪无处发泄，就开始着手写小说。小说名字起得很矫情，叫《你好失恋》。小说还没写完，就被舍友拿去给网站投稿。有出版商说要出版我的小说，但前提是要删去一些他认为没用的段落。我那时非常愤世嫉俗，就拒绝了（现在看来完全没必要）。我心里清楚，我写的每个字就像当年写歌一样，只是希望她能看到而已。

后来有一天她给我发信息说她看完了我写的小说，很感谢我能将我们的青春写下来。她会考虑给我一年时间重新追回她。我信心十足，以前追到手的，没理由现在不行，于是想了一系列追她的计划。但计划归计划，热情在减退，很多想法隔天就忘得一干二净，很难付诸行动。同样的，她也很尴尬，有好几次我约她看电影，我竟然忘在了脑后，她只是说没关系，但心里一定很失望。

没意外，一年并没有收尾，她就失去了联系。我发短信骂她出尔反尔，但想来我并没有再做出当年那样追她的举动，可能是很难再有那样年纪的热血了吧。我叹息，不如放她自由吧。

毕业后我没有投简历，也没有任何的职业规划。我只想写字，发泄自己，于是就给报社和杂志社投稿，投了很多，石沉大海的占大多数。我没有气馁，拿出当年写歌的毅力来做这件事。终于在某一天我写到泪流满面时，收到了一条回复说，文字很好，恭喜你，感动了我，也将会感动更多的人。

这些年，我写了很多可以让别人摘抄到笔记里的句子，然而能让我记一辈子的，就是这句话。

自从稿件被录用，我就像把前几十年的所有的心事倒掉一样，总有无穷无尽的故事可以写。2013 年我来到北京，有天一位导演打来电话说，你的文笔很好，有没有想过写电视剧。我有点怀疑自己，说这个职业收入怎样。因为当时我要交房租。导演就笑了。几个月后，我拿到平时写字好几倍的稿费，于是开始了编剧生涯。但给故事设置主人翁时，女主角总有她的影子。别人建议我取一个笔名，我不愿意，因为我想等我名气再大一些的时候，她应该在某个城市能够看到我吧。真讨厌，这么多年了，她还是阴魂不散。

直到校庆三周年，听同学透漏我才知道，她做了幼师，课余都在关注我，还冒充我的读者写信给我。但人物设置真的很奇特，让我根本看不出来她的真实身份。直到多年后同学聚会她亲口跟我说，你回去可以数一数，一共一百封信，没有其他的意思，一来纪念我们之前的感情，二来还给你当初对我的执着。我骂她有点神经病，她说神经病也好，特杆粉也罢，我要结婚了，那，希望你能够参加!

我突然很正经地祝福她，一口饮完杯中的酒，跑到盥洗间里偷偷抹眼泪。

她的婚礼很简单，老公也很朴实，完全出乎我的预料。我问她什么情况，她偷偷地跟我说，我答应过你，感情只给你一个人，但结婚这件事我没办法承诺。我觉得她成了一个坏女人。她说，我坏？如果当年在雨中我没有躲在树下望着你，而是冲过去抱住你，我们就能在一起吗？我说会的。她笑得眼睛迷成一条缝，突然严肃地说，还敢骗我，你最近写的《没有你我怎么活》到底是你第几任女友啊？我无话可说，我没有告诉她这么多年，我只要输入"她"字，不管是什么作品，她就很讨厌地一遍一遍地出现在我的脑海……

我的鲜肉时代，统统关于她。

左耳听《同桌的你》，右耳听《富士山下》

　　人有一个毛病，不明来路的，通常不懂得珍惜，捡到了西瓜，吃两口，丢掉了没觉得了不起。反而自己一手经营的，锱铢必较，哪怕一粒芝麻，也要精心地安放，将油分榨干榨净。

　　同样的，没有努力过的，失败也不过是证明地球会有引力一样的事实。然而一旦拼尽全力，最后全部零分，那么这样混蛋的成绩单，就差不多能摧毁人的价值观，将自信质变成自卑，将善良勾兑成残忍，最后产生一种："原来帽子一摘，胡子一蓄，揭竿而起成为强盗也有其道理"。

　　有时，现实是没有什么道理可以讲的。

在这件事上，我属于有发言权的一分子。驾考科目三，烈日炎炎，排队排到两脚退化扎根成草本植物，然后从太阳当空照苦练到日落乌啼霜满天，终于从挂挡、踩离合、转弯熟练到教练不住地打哈欠，才将钥匙一拔，打个响指，感慨科三不过尔尔。

然而最爽的要数模拟练习完毕，教练一摔车门，拍拍我的肩膀干脆地点评："小伙子，练得不错，照你这样下去，全民能普及驾照了。"

我咧着嘴谦虚摇头说："哪里哪里，教练过奖了。"

当天晚上我梦见我拿到驾照，叼着雪茄，踩着跑车的油门穿越时光来到初恋的身边说："上车，我带你环游世界"。

然而第二天上午，没有任何征兆的两次机会我都被判死在同一个位置。

我被请下车，全世界冻结，脑子久久徘徊着电脑语音女士的优美而刺耳的嗓音："考试不合格，请换下一位考生考试。"

当时我真想摘掉方向盘将那台车载电脑砸个稀巴烂。

然而我没有。原因是我开车扭到了脖子。

挂着窦娥的表情，迈着屈原的步子，想着岳飞的理想，"咔嚓"一声，脖子又折了回来。

瞬间，身疼，心疼，身疼，心疼……

很多人像我一样，不是不够努力，而是 Game Over 那一刻才知道挂挡这件事不是跳跃性的。个人成功和他人认可是两回事。所以结果很多时候，下水救人被诬蔑为杀人嫌疑的荒唐，雪中送炭被理解为幸灾乐祸的叹息，结果总会不尽如人意。我一直在想，那个发明智能车载考试系统的天才，对我这种爱讲道理的人来说，一定是八字相冲。

从本人血淋淋的教训引到恋情上，也是不谋而合。

先说一个朋友，少年时代就擅长考零分，擅长甩钢管，擅长在严打早恋的年代和女孩偷偷地在教学楼后亲嘴。上学的意义基本上就是给我们这些写狗血青春的作者提供更加狗血的素材。就是这样的人，却深深地相信着这世界上比纯净水更纯的就是爱情。

他左耳听着《同桌的你》，就认为这世界上他爱的姑娘都是"那时候天总是很蓝，日子总过得太慢，你总说毕业遥遥无期，转眼就各奔东西"的清纯。后来他将所有积蓄寄给姑娘，每天嘴里心里念的都是姑娘的一颦一笑，却偏偏在爱得最不能自拔时，姑娘神秘地消失在他的生活中，从此杳无音讯。

那一刻，他才知道所谓真爱也要有底线。这底线就是"人活到几岁算短，失恋只有更短，归家需要几里路谁能预算，忘掉我跟你恩怨，樱花开了几转，东京之旅一早比一世遥远"。从此他将右耳堵上了《富士山下》，发誓此生再也不相信爱情，冷血地投入事业拼杀中。一翻风生水起地折腾后，他仍旧没有逃掉深夜只身在办公室抽烟的凄凉，那，他还是需要一个人来陪。

还有一个小女孩，花季时代爱上一个男生，两人外貌、家世、学历、爱好，对比起来，就像磁铁的 N 极扣上 S 极，撞击出郎才女貌的火花。

那样的年纪自然经历了一场轰轰烈烈的恋爱。

可是这世界上击碎一段情感的因素比我此生写的字还多。

于是两人在矛盾挑拨下没意外地分手了。

这一分手女孩就再也没有恋爱，十年后终于成了相亲达人。

可是相亲相的是婚姻，不是爱情。而没有爱情的婚姻，对于有些女孩来说那就是画了一条眉毛的妆，再无关紧要的酒会心中也有一道坎儿。

于是，女孩下决心一定找回当初的那个他。

苦苦追寻数载，总算功夫不负有心人，旧情人换上新装潢成了新情人。

人还是那个人。但时间走了。

《同桌的你》再动听也有听腻的时候，摘下左耳麦，不知道何时右耳响起："谁都只得那双手，靠拥抱亦难任你拥有，要拥有必先懂失去怎接受，曾沿着雪路浪游，为何为好事泪流，谁能凭爱意要富士山私有"的旋律。

只好忍不住叹息一声，哪有什么永垂不朽，在婚姻面前，连牵手都成为一种最奢侈的享受。

但是我们都知道，生命很短，热恋更短，说一千道一万，我无心成为什么正能量的绅士，也不必成为泼人凉水的小人。

爱情这件事，如果尚存一线生机，那么，伏击战仍要坚守至一兵一卒，哪怕最后一颗子弹留给我，我也要努力地将所有的温柔射向你。

都曾说，我们爱同桌的你，可你最后却成了别人的妻。

都曾说，我们喜欢富士山，却无法将它私有或者转移。

最后，我们都理解了梁伟文的那句话：你喜欢一个人，就像喜欢富士山。你可以看到它，但是不能搬走它。你有什么方法可以移动一座富士山，答案是，你自己走过去。爱情也如此，逛过就已足够。

03

〉〉〉

我在欢乐场里笑得优雅，
却只怀念和你朗读课文的尴尬

（一）

读书时代，最爱读的书和必读的书简直是正反派。

最爱读的书俗称课外书，从校园斗殴、青春虐恋、熟人凶杀到身边闹鬼等内容包罗万象，要多好看有多好看，想起来口水都流成感叹号。

必须读的书俗称教科书，从人生哲理、敬畏生活、英雄主义、批判战争等表达无懈可击，要多端庄有多端庄，简直像播音员胸口笔挺的领结。

那个年代没有手机，没有笔记本电脑，连录音机都要连接电源掖在枕头下，晚上取出耳麦按下播放键听港台歌手唱《你知道我在等你吗》，第二天游荡在班级里高声对着死对头吼："你知道我等你吗……"

没悬念，一场口水战演变成互扯对方红领巾，僵持至大哭决堤形成校园斗殴事件才罢休。

大概是叛逆年龄，越是学校明令禁止的，越是像爸爸紧锁的抽屉，老师掖在教科书下的三好名单。那时班级流行排队看网络小说，我积极报名，从预约到拿到大部头已经是 33 天后。

那时的夏天烈日炎炎，班级睡成一片。我瞄了眼讲台上单脚踩讲桌的四眼老师，看他将教科书当成羽毛扇摇得呼哧呼哧响，小心翼翼地翻开了那本玄之又玄的大部头。书名随之赫然出现在眼前《坏蛋是怎么炼成的》。

谢文东一人打二十。

看得我全身毛发竖立。在发誓要成为那样的坏蛋之前，我被四眼老师的六脉神剑击中，当众给揪了出来。

那一节课，我本来想要四十五度看天空，却只能在四眼老师将教科书翻来翻去的节奏中被迫听讲：今天我们学习鲁迅先生的《从百草园到三味书屋》。

鲁迅真是愤青。可愤青归愤青，我印象最深刻的却是闰土。

闰土能刺猹、捕鸟、拾贝……简直是做万能马仔的不二人选，拼命三郎的天下无双。当然，鲁迅也不错，衣来伸手饭来张口，家里的长工一字排开就能形成一个排，以至于我那时就对作家下了"准确"的定义。

含着金钥匙出生，捧着象牙碗吃饭，踩着千里马驰骋，最好还能时不时地总结一下身边人的人生。总之，文思泉涌不是死磕出来的，是钱给砸出来的。

大概是鲁迅总结闰土的人生太较真，总结得我那几天脑子里都是小圆脸、小毡帽、小项圈……小圆脸、小毡帽、小项圈……搞得一节课下来，最怵的背诵课文的我竟神乎其神地一口气背到滚瓜烂熟。晚上做梦梦见闰土递给我一支枪，说要去活捉本拉登。

第二天，老师抽查课文背诵，我挺胸昂头，信心爆棚，等待老师光顾。盛夏的班级风扇哗啦哗啦地吹着，蝉鸣密集地灌进耳朵，汗珠顺着脸颊往下滚球球。我甚至连呼吸都屏住了，生怕稍一走神错过老师喊我的名字。

终于，45分钟的一堂课只剩下1分钟。

老师并没有喊我的名字，却点兵点将，点到了我的前后左右，一人不漏。

当时我的心里一万个羊驼齐刷刷地跳广播体操。那种付出没有回报的失落感压得我像坐了过山车的快餐饮料，铃声一响，耳边"砰"一声，碳酸裹着液体直蹿云霄。

我没能蹿到云霄，却翘课溜达到学校后面的田野玩耍了。

田野炊烟袅袅，万象雀跃。草狗追草鸡，蝴蝶觅花蕊，夏风拂树叶，青蛙跳莲蓬。生动得像鲁迅的散文。我一个人踩着荒草漫步在田野，心里酸酸的，为什么上天不赐给我一个闰土？为什么我的友谊要用棒棒糖贿赂，用数学作业去填补，要用家世背景去迎合，用臭味相投去拼凑？

真世故啊！

下午烈日终于热到草地爆炒屁股，我躲进一片果园里乘凉假寐。等到午休时间一到，我弹起身子去摸果园里的桃子。我也要学孙悟空光临蟠桃园啊。可是我并不是孙悟空，桃子刚入口，甜味还没匹配上味觉，就被看园人追杀成落难羊驼。

眼看我越跑越虚脱，马上羊入虎口。一个黑影蹿过来，一把拉住我，一整套的凌波微步神奇般地将我带出果园。我跑得上气不接下气，抬起头分不清东西南北，只见眼前延展开来是一片阴凉的草地，头顶拉抻成掩映天空的白杨。我哈口气，世外桃源啊。

黑影是个少年，黄头发，黑皮肤，简直是杀马特中的翘楚，非主流里的精英。

虽然人丑到镜子呕吐，名字却亮堂到相机觊觎——白玉堂。

哦，不对，我叫白鱼塘。黑影说。

然而鱼塘家里并没有鱼塘，只有十几只羊，每天以放羊玩耍为生。

我很羡慕。可是羡慕归羡慕，鱼塘告诉我说，他有两个版本的人生。坏的版本是他从小没爹没娘，是个孤儿，有点像石头缝里蹦出来的孙悟空。好的版本是鱼塘的娘跟着别人跑了，他爹在一次运砖途中摔车见了马克思，只剩下他自己跟自己孩他娘孩他爹的自问自答。

总之，十几岁的鱼塘活得苗壮却有点凄伤。

我问鱼塘：鱼塘，你为什么不读书了？

鱼塘嘴里衔了根毛毛草说：读书有什么用，到头来，还是放羊，我一年卖羊就能赚几万块，我才不做自己不喜欢做的事情。

我说：那你有自己的朋友吗？像闰土那样的。

鱼塘说：闰土是谁？是土吗？我认识观音土，隔壁家的王寡妇吃了就怀孕了，比白娘子的灵芝还管用。

我有点摸不着北，问他：那你愿意成为我的朋友吗？

鱼塘顿了下，眼睛狐疑地看了看我：我还没送你礼物……

许多年后，我才明白鱼塘的交友标准是，要给对方礼物才算真诚。他救我逃离果园，还要折草狗子给我，像我胳膊那么长的草狗子，简直真诚到我有点想以身相许的冲动。

我觉得鱼塘不像我的朋友，根本不像闰土，却填满了我整个童年记忆。

逃学了……鱼塘带我去放羊看夕阳染红村庄。

逃学了……鱼塘陪我在深夜点篝火数流星雨。

逃学了……鱼塘领我潜水捉鱼做鱼骨头项链系在我的手腕。

逃学了……鱼塘教我爬白杨树掏鸟窝将鸟儿养大放飞。

逃学了……我以为我会跟鱼塘成为一辈子的朋友。

可是后来我借到了鲁迅先生的《故乡》那本书，终于看到了三十年后的闰土。

始料未及。

鲁迅失去了闰土，从此相信希望本是无所谓有，无所谓无的。

我失去了鱼塘，相信希望一直会有，可是终究少了那个想要一起的人。

村子里的谣言此起彼伏，说鱼塘是个小流氓，还是个短命鬼，夏天河里涨水偏偏要去游泳，结果淹死了，白白赔了一条命。也有人说鱼塘为了救后村溺水的狗娃淹死了，狗娃当时爬上岸顾不上喘口气就逃之夭夭，根本不管累得一丝力气也没有的鱼塘。

很多版本流进我的耳朵，统统与我无关，唯一清楚的是，那个夏天，我再也没有见过鱼塘。

九月的天空，将所有缤纷的颜色席卷覆盖，把世界打印成灰色的主题，忧郁地扣上再见两个字。

许巍唱《我的秋天》时说，没有人会留意，这个城市的秋天，窗外阳光灿烂，我却没有温暖……

我也没有温暖。所以这么多年我一直在寻找鱼塘。我深信，鱼塘就是我的齐天大圣，他会踩着七彩祥云来找我，怎么可能那么轻易地死去？他给我的草狗子刚折了一半，还没有完成。他不是逃兵。

很快，鱼塘的家也没了。我去村里打听，一只胳膊的瞎子阿光告诉我说，别看我是瞎子，我知道真相，那晚上鱼塘的羊被一伙蛮横的大汉给瓜分了。那帮人还打了起来，有人拿了刀，还将房子点着了，后来还闹了鬼。

我还想往下听，突然被隔壁的大婶拉走说，他个瞎子，别听他胡说，鱼塘家里那是意外失火。我问大婶鱼塘养的牲畜呢。大婶支支吾吾说，那块土地村长早就看上了，你快回家去看《宰相刘罗锅》吧，说着还唱了起来：我听爷爷讲了一个故事，故事里的事是那昨天的事，故事里有好人也有坏人，故事里有好事也有坏事，故事里有多少是是非非，故事里有多少非非是是……

20 年后，我的故乡也变成了是是非非，非非是是。

村后的河流变得干涸肮脏，天空被电线划分却是灰白色，老式亲切的房子被推倒重建，一字排开的白杨被伐掉修成严肃的柏油路。唯独那所学校还留着被雨水侵蚀的模糊不清的几个字：百年大计，教育为本。

我路过学校，耳边传来朗朗的读书声，依然有 20 年前的我熟悉的那种干净和懒散。

不必说碧绿的菜畦，光滑的石井栏，高大的皂荚树，紫红的桑葚；也不必说鸣蝉在树叶里长吟，肥胖的黄蜂伏在菜花上，轻捷的叫天子忽然从草间直蹿向云霄里去了……我又走了几步，又有声音传来，像穿越时空，又像电影里的字幕：多年后……

我一见便知道是闰土，但又不是我这记忆中的闰土了。他身材增加了一倍；先前的紫色的圆脸，已经变作灰黄，而且加上了很深的皱纹；眼睛也像他父亲一样，周围都肿得通红，我知道，在海边种地的人，终日吹着海风，大抵是这样的……

我不停地往前走，看得见一切。我看见飞鸟追落日，季节追时间，记忆追往事，想念追不朽。而我也在追，我追到那一年，那个午后田野里的黑影。

他是个少年，黄头发，黑皮肤，简直是杀马特中的翘楚，非主流里的精英。

人虽然丑到镜子呕吐，名字却亮堂到相机觊觎——白玉堂。

他说，我叫白鱼塘。

我涕泪滂沱。

（二）

2013年夏天，为了寻求创作灵感，我决定出去走走。

我先乘机从北京飞往成都，尝试了下火炉城市的蜀九香火锅和伤心凉粉。次日直飞丽江，然后在清晨赶大巴车去泸沽湖。在丽江的湖景房里睡到自然醒，还游玩了里务比岛，乘了猪槽船。

我以为我会永远待下去不会再走，可是刚一周就意兴阑珊，随手订了返回北京的火车票。

在丽江返程北京的绿皮火车中，我遇见了生命中的第二个闰土。

他叫蓝四，高个子，颧骨突出，眼睛深邃而忧郁。他说他是东北人，家中排行第四，他来丽江见网友，两人打赌，气枪射气球谁的命中率更高，结果他赢了。两人喝了一夜洒水，第二天就买了返程的票。

我觉得太扯淡，感觉这人长得有点像刘烨的惊喜感瞬间消失了。

后半夜我睡得很死，醒来时发现钱包不见了。

妈的，这也太戏剧性了吧。

更戏剧性的是，快天亮时蓝四突然叫住我，将我拉下床，悄声说：钱包丢了吧？我帮你找回来啊。

我瞪大眼睛：搞什么飞机，是你丫干的吧？

蓝四：信不信我吧？要不打赌，一辈子朋友？

我狂晕：朋友还能这么交？算了，我还是报警吧。

蓝四拉住我：你要是不信我，钱包就永远找不回了。

我还想辩解，蓝四突然瞪着我，眼神变得深沉而严肃，我打了个寒战，就范了。

凌晨 5 五点钟，天色发白，拉开列车窗帘，漫无边际的旷野跃然于眼前。

我的钱包又回来了，掖在枕头下。

钱包里的东西一样不少，下面还有一张纸条，三个字，我走了。后面附有一串号码。

我惊讶，马上跳下床去找蓝四，他的床铺躺了一个鼾声正浓的中年胖子。

蓝四不知所踪，应该早就下车了。

我坐在靠窗的折叠椅上，心情久久不能平静，突然想起昨夜和他的对话。

后半夜，车厢鼾声此起彼伏。

蓝四说，告诉你一个秘密，我是扒手。

我说，你要是扒手，我就是警察，聊点别的吧，比如怎么发家致富。

蓝四说，我被警察抓过，刚被师傅逐出师门，差点废掉修炼了几年的双手。

我说，你是不是还想说，你后来成了神偷，遇见了一个长得像刘若英的搭档，然后在一列火车上干掉了以葛优为首的团伙，最后告诉我说你和我是同行，拍电影的。

蓝四认真地说，听着，这趟列车里真有扒手，而且不止一个。

我觉得这个人越说越离谱，有点神经病，就跟他胡诌下去说：那要是我被盗了，那一定是你干的。

蓝四说：如果你被盗了，我一定帮你找回来。

我还想接话，却又被噎住了，又是那种镇定而不容置疑的眼神。

火车开了几天几夜，快到终点站时，正是一个清晨，警察将车上几个相貌丑陋的青年带走了。

那一瞬间，我慌忙爬坐起来疯狂拨打纸条上的号码，却永远无人接听。

2014 年，我终于联系上了蓝四，频繁收到他寄来的国内外的礼物。

缂丝唐卡，卡扎菲的"绿宝书"，日本的套娃，尼泊尔竹子领带，等等。

我不知道他去了多少地方。

唯一清楚的是，我们从未见过，唯一的交流方式就是那个我曾经给他的北京地址。

2015 年刚过了一半，蓝四又突然消失了。

直到当年 9 月，我不经意地翻手机看到了去丽江的当地新闻 APP，呆住了。

新闻标题醒目而浮夸：通天大盗落法网。简讯旁还附着嫌疑犯的照片。

照片上的人再熟悉不过，他就是蓝四。

2016 年夏季，我完成一个剧本，终日在家无所事事，想要动身去丽江，可能的话想要去监狱看望蓝四。

可是我在丽江游荡了近半个月，却没有任何关于他的消息。

返程路上，我又乘了那列火车。

T535，谐音，勿想我。

路上大雨倾盆，全国进入雨季，车厢里沉闷极了。

在绿皮车的摇摇晃晃的节奏中，我做了一个梦。

梦里我看到一面湖水，湖水里泛出蓝四的面孔，他的眼睛依然深邃忧郁。

蓝四：信不信我吧？要不打赌，一辈子朋友？

我狂晕：朋友还能这么交？算了，我还是报警吧。

蓝四拉住我：你要是不信我，钱包就永远找不回了。

我还想辩解，蓝四突然瞪着我，眼神变得深沉而严肃，我打了

04

此时此刻，我很想那个为我打架的坏家伙

念高中时奇葩的同学很多，我要说的是名号最大的一个。

我记不清他的真实姓名，大概他脑袋大，大家都喊他大头。

那时学校疏于管理，港台古惑仔风流行，翘课斗殴此起彼伏。除了古惑仔，那时还流行看琼瑶的言情小说。当时六班一个女同学看《苍天有泪》在上自习的班级突然号啕大哭。女孩叫文雅，不俗的长相和敏感的性情，吸引了当时学校里一波又一波的混混。

文雅每天收到的情书几乎可以集结成册，拿到今天可以在淘宝上高价售出。

大头看起来老实巴交，却也喜欢文雅。他不敢表达，那天在

同学家看了几部影片，同学们都津津乐道，大头却记住了那部名叫《人在江湖》的影片。

那天晚上大头翻来覆去睡不着，第二天一放学就拦住了文雅，上来就向文雅表白。

他表达的话没有人记得，唯一清楚的是文雅接了他的情书。还有当天下午放学大头被两拨混混堵住，打得惨不忍睹。有个叫象牙的混混，尤其嚣张，下手很黑，他指着大头警告说，大哥的女人你也敢碰，简直是找死。象牙劝他识趣躲远点，不然以后见一次打一次。

大头不想转学，以为只是吓唬他，没想到接下来的日子，挨打成了他的家常便饭。大概是挨打到了极限，那天大头在家里找了根木棒，削成刺刀状，绑在背上去上学，决定实施复仇，以暴制暴。

那天大头走在上学路上，远远地看到象牙领着一帮混混朝他走过来。

大头脑海中想象着他单枪匹马冲上去，横扫千军，从此扬名立万。可是他咬牙刚往前走几步，腿肚子就打战，眼看离混混们只有几十米远，大头的心快跳到嗓子眼。他"嗷"一声，突然朝背阴的墙上狠狠摔了下大腿，疼得呲牙咧嘴，然后将木棍支在地上，扮作拐杖一瘸一拐地走过去和混混们打照面。

混混们吹口哨，嬉皮怒骂地与大头擦肩，嘲笑的声音像魔咒似的盘旋在大头的头顶。

大头觉得自己太窝囊，买了几盘录影带去贿赂班级的一个小混混，希望能够取得真经，从此打败校园里的恶势力，赢回文雅同学。小混混接过录影带，狐疑地看了大头一眼说，欲练此功必先自宫。大头呆住了，混混看他不解，说我是说让你明白，有得必有失，你要先学会挨打才行，只有尝尽了苦头，你才能知己知彼百战不殆么。

大头深受启发，每天狂练肌肉，放学就主动去招混混。混混觉得他疯了，就照死里打他。大头抱着头忍受着拳打脚踢，慢慢地失去了疼痛的知觉。有天大头被打得伏在地上，被来来往往的同学指指点点，嘲笑唾弃。那一刻他想装死人，赖在地上最好一辈子不动弹。可是突然眼前出现一条粉丝的手绢，大头尴尬地抬头，在晃眼的光线下，他看到文雅手里拿着手绢正递向他……

文雅的手绢让大头从此加血加敏。他买了李小龙的拳谱，每天跑步，打沙袋，主动跟文雅打交道，终于迎来了一次决斗。

至今还有很多人记得那次决斗。大头被当时名气最旺的象牙拉到操场，说要让这小子再也看不到第二天的日出。大头忍无可忍，出门前正好被数学老师撞个满怀。老师问他干吗。大头对这个呆板从来不会笑的数学老师早就烦透了，说滚开滚开，老子有事，你少管。然后一下子推开数学老师，咚咚咚地下了楼。

那一场决斗持续了半个小时，各个班级都炸开了窝。不断有同学偷偷溜出教室，趴在栏杆上大呼小叫，直到会议室里的老师散会，这帮兔崽子才偃旗息鼓，滚回教室里好像没有发生任何事一样。

那次决战，和我预期的出入太大。我以为大头会一败涂地，从此消失于这所学校，成为建校以来最大的 loser 的代表。然而让我没想到的是，学校疯了似的传开，大头绝地反击，将象牙彻底击败。虽然后来两人在学校大会上念了检讨书，但我依然能够想象那样的画面：大头走在夕阳的光辉下，像一名杀出敌军重围的战士，周身镀了一层英雄的光环，穿过同学们惊讶、质疑、崇拜的无数双不同含义的眼神，然后看到文雅朝他露出灿烂的笑容。

那个笑容，别说一页检讨书，用大头后来的话说，就算死一次也愿意了。

大头打败了象牙，名声大噪，很快引起了学校内其他势力的瞩目。一波接着一波的人向他挑衅。有了胜利前史，大头没理由没胆量，他接受了全部的挑战。从单挑，到单人对双人，最后他竟然一人打倒五人。虽然身上多次挂彩，却一度成为校园江湖的掌门人。

那个时候的大头，走在校园的路上，就像当年赌神里大胜而归的周润发，帅到简直可以让学校野史为他立碑著文。当然，象牙不可能得到学校的认可，却在每个人都刻骨铭心的那天顺利地得到了文雅的认可。那是在大头打倒了学校 PK 王痞子张之后，他成了学校里最不能招惹的头号人物，终于和文雅走近了。尽管没有正式恋爱，这种状态大头的话解释得比较贴切，叫绝世美味上桌前的咕噜咕噜。

自从大头出了名，每天就有无数的小弟要投奔他。可是大头厌倦了打打杀杀，他说学生就该好好读书，打什么架。小弟们骂他装清高。他说老子就装了怎么样，这是我媳妇儿交代的，我得听我媳妇儿的。但大家心知肚明，文雅文文气气，一副无关风月的样子，心里有杆秤，那就是她不会轻易接受任何人的好意。

大头把文雅当作媳妇儿，文雅却和他越走越远。比如好多次大头见文雅经常胳膊有淤青地来学校，有时会莫名其妙地流泪。大头去问，文雅根本不跟他解释，只说青春期的烦恼而已。大头再追问，文雅就十分厌倦地走开了。久而久之，大头觉得有些蹊跷，这不科学啊，就算少年维特有烦恼，也不会天天鼻青眼肿地见人啊？

于是大头决定无论如何要查个水落石出，放学后就偷偷地跟在文雅的后面。这一跟不当紧，一下子就摸清了文雅背后的事儿。

原来文雅有一个家暴倾向的父亲，经常三句话没说完，扬起手掌就朝着文雅打过去。有一次被大头亲眼看到，大头没敢上前阻止，而是缓过神来摸摸自己的脸，觉得这一耳光应该比他之前挨过所有的打都疼痛吧。

刚开始大头觉得这是别人的家事，管多了反而不好。可是她渐渐不对劲了，文雅几乎天天鼻青眼肿地来学校。这还了得。大头苦苦逼供，文雅含糊其词。大头暗中调查，请了文雅邻居吃喝一顿，终于得知原来文雅身世挺可怜的。

文雅的母亲去世得早，文雅由父亲带大。前几年工厂裁员，文雅的父亲下岗，下岗后的父亲染上了喝酒和赌博的恶习，没多久就把家底输得精光，还欠了别人一笔债。文雅的父亲想要拆东墙补西墙，就借了高利贷，结果更糟糕，一来二去，就成了黑社会的头号追杀人物。

大头隐约觉得这事没完，没多久，东躲西藏的文雅的父亲被讨债的社团抓个正着。那天正巧文雅路过，文雅冲上去救父亲，被社团的混混们围住。混混们看文雅长得颇有姿色，恶从心起。他们将文雅的父亲拉到一边商量说有个办法可以帮他摆平债务。文雅的父亲喜上心头，然而混混们将主意一说，这老男人顿时就怒了，想要害我女儿，没门儿，立即拒绝了混混们的混蛋要求。

混混们勃然大怒，拉起文雅就往车上塞。父亲冲上去被两个人架住扔到一边。还好大头那天正好跟着文雅。遇到这样的情形，他当然不能坐视不理，大头冲了出来，说他可以还钱，必须先放人。社团老大觉得这个人有点活得不耐烦了，但勇气可嘉，就给他一次机会跟他手下的马仔单挑，赢了可以领人走，输了就留下三根指头或者委身做他的马仔。

大头自修过功夫，在学校也是单挑王，打起架来不要命。他想都没想就答应了。可是校园江湖和校外的黑社会完全是两码事，单薄的大头在那个四肢发达的马仔面前就是小孩。大头被打得鼻血横流，还要上前拼命。文雅觉得大头再冲上去，很可能被活活打死，就上前求混混老大放过他。然而倔强的大头不肯认输，一次次倒下去又站起来，在几乎被撕烂的惨状中，一个转身后勾拳将对手击倒在地……

混混们俨然败北，却不守信用，马上一哄而上将大头扑倒在地，拳打脚踢。幸好千钧一发之际，有人突然及时现身，大喊一声住手。众人这才停住，回头去看那暮色中走来的一个人。此人非他人，正是大头最厌恶的数学老师。大头想不通这家伙要干吗，这可不是教室，学生会给他面子。大头脑海中浮现出数学老师被活活打死暴尸街头的场景。

然而令人万万没想到的是，混混的老大看见数学老师，就像那种坏学生见到好老师的阵势。哦，不，是那种小流氓遇见大流氓的阵势。在大头疑惑不解的眼神中，混混们围着数学老师像是谈判，很快达成某种共识，马上撤退了。

混混们离开后，大头被文雅搀扶起来，想走上前去感谢数学老师。没想到数学老师马上露出那副严峻呆板的表情说，不好好读书，学什么耍流氓。说完，拎起自行车坐了上去，然后又回头补了句，下周帮我擦黑板一周啊！

大头有点晕乎，觉得数学老师有点不简单，难道他是无间道里的梁朝伟？

不等他胡思乱想得出个结果，没几天，文雅又被上次那帮混混抓走了。大头想到了报警，可是文雅的老爹说千万不能报警，不然后果更加严重。大头就打消了这个念头，翻来覆去想了一晚上，最终决定要单枪匹马地去救人。大头心里也清楚，混混们不光针对文雅，大头上次出头捅的篓子也引起了混混们的注意，他们这次绝不会轻易放过他，是死是活，这次肯定会有一个结果。

大头想了一夜，第二天放学，一咬牙就黑着熊猫眼冒着夜色赴汤蹈火了。路上他觉得自己英勇极了，穿了一身黑，背着几把刀，步履轻盈得像一阵风似的杀向敌营。可是万事俱备，中间撞车，大头被一辆自行车撞了个狗吃屎。真是晦气，搁以前，大头肯定一把拽过对方的领子，揍得他从此记住他猪大爷的大名。但那天他没时间计较这个。他骂了声，踉跄地爬起来，继续保持冷血造型，朝那片黑暗的修理厂杀去。

混混们没给他考虑的时间，上来就派人跟大头单挑。大头做好了拼命三郎的准备，大不了横扫千军拼个你死我活。可是这个横扫千军根本就是个屁，一个学生对战十几个社会混混不是找死是什么？可是大头找死的节奏很决绝，只要能还手就要拼尽最后的一滴血，血战到底。

大头想象着很可能明天的头条就是一高中生混社会被恶势力打死，然后散布到各个学校，以儆效尤。大头越想越觉得这样太窝囊，可是他没有一丝力气了，只感到无数只脚和拳头像暴雨般向他袭来……

直到大头感到自己的身体慢慢失去知觉时，才意识到好像有人杀来救他。借着微弱的路灯，大头看到那人黑衣黑裤，蒙头蒙面，滑稽得像赌侠里的吴孟达，可是那双节棍一出，却帅得像猛龙过江里的李小龙。大头记不得那个救兵是怎样用以一敌十的本领将他救走的。总之等他醒来已经是半夜，他躺在某个诊所的病床上，伤口做了简单的包扎，连说话的气力都没有。

大头当时心中只想着两件事，第一，自己会不会已经残疾了，以后只能被人推着轮椅和被人喂饭的狼狈惨况？第二，救他出去的那家伙是不是真的李小龙现身？然而统统不是，他既没有落得半身不遂，李小龙也没有出现。站在他面前的人，不是别人，竟然还是自己最讨厌的数学老师。

这就神奇了，难道那个救自己的人是他？大头看到这样的身材和场面，又想到在路上他撞倒的自行车，毫无疑问，这光彩熠熠的救兵就是数学老师了。

原来数学老师一直暗中观察大头，觉得他一定还会出事，放学后就偷偷跟在他后面。本来退隐江湖很多年，那对双节棍都快要不动了，直到今天才知道原来武功这东西，见义勇为的时候特别好使。大头脑子不是傻子，这又是双节棍，又是退隐江湖，这土得掉渣人人唾弃的数学老师没那么简单，他肯定是以前古惑仔里的传奇人物。

大头顾不上想这些，他此时最担心的是文雅，他挣扎着想要甩掉缠满胳膊的绷带，嚷着要去救文雅。但此时的数学老师一副扑克脸牌的样子，一把将他按下说，你想去找死啊？看好你自己吧，文雅这会儿在教室里读书呢。

原来数学老师救大头的时候，就想到根本没可能用这种方式救出人。他提供了详细有力的线索报了案，警察顺藤摸瓜，没费事就救出了文雅。听到这里，大头有点看神一样地看着数学老师，他突然不由自主地脱口而出，你不会就是当年叱咤风云的阿枪学长吧？

数学老师没有直接回答他，就说，什么阿枪、阿炮，我就是你的数学老师。告诉你，伤好了，得好好地补习课程，考不进年级前十，等着老子收拾你。说完就像突然听到下课铃声的信号，端庄地走出病房。

后来大头得知，数学老师就是当年的阿枪，和他读同一所学校。那个年代管理混乱，阿枪又疾恶如仇，开始时被人欺负还能忍忍，后来直接被一群姑娘围在校外殴打。这下子让他彻底毛了，他扔掉教科书，蓄了长发，每天开始过上打打杀杀的生活。阿枪为人仗义，小时候又在体校练过，打架不要命，很快在当地声名鹊起，跟着他的小弟也越来越多。阿枪像当初的大头一样，是单挑王，不仅打败了全校的对手，连社会上的混混也惧怕他三分。就是这样子看起来风光的人设，其实背后一塌糊涂。先是阿枪的父亲被儿子不思进取的生活方式感到失望，父子俩的矛盾越来越深。阿枪埋怨他当年赌博害死了他的母亲，父亲则认为他在走当年他的老路，没什么好下场。直到有一次阿枪出去打架，回来时家门口站满了人，他慌忙跑进家里才知道父亲已经不行了。

至今阿枪不知道父亲的死是不是和自己有关。但就是从那一次后，阿枪有些退隐的意思。可是江湖这地方进去容易出来难，他试过但总被人逼着继续下去。直到有一天他的女友突然失踪，阿枪想找却无能为力。后来阿枪得知他被对手算计，女友被对手抓走。这下子彻底激怒阿枪，他像大头一样单枪匹马选择去救人。可是他没有大头好运，不仅没能救出人，反而又被坏人利用，差点还被抓进监狱。后来多亏他新疆的舅舅托人将他保了下来。

自那以后，阿枪再也没有见过女友，性情大变，变得孤僻暴躁，不愿意与外人接触。几年后，他考了教师资格证，教人当初最讨厌的数学。用他的话说，就是惩罚顺便解救自己。这种逻辑有点奇怪，但清楚的是，阿枪隐姓埋名，遇到了学生被人欺负，他还是放下原则，重新做了一回古惑仔，哦，不，是英雄！

大头住院的第三天，文雅提着水果来看他，进门哭得稀里哗啦。她认为大头可能会死掉，大头嘿嘿一笑说，怎么能死，还没把你娶进家门。文雅听到这话就不高兴了，搁以前她会笑笑地接受，但不想再害大头，就说大头是个好人，可是他们还在读书。

大头一听到还在读书，就乐了，心想女孩子可能都害羞，这是在等待他呢？于是大头想着还在读书，就表示着念完书就能真正在一起了。可是他忘记了前缀，他是一个好人，这张好人卡谁说得清呢？但多数狗血的悲剧，都是从这一句话开始的。只是大头太笨，不明白而已。

七月高考说来就来，炎热的夏季将每个人的心上了发条，大头幸运的是跟文雅分到一个考场。大头乐得两天没睡着，别人逗他说，这下子靠着学霸大抄特抄，说不好一下子能考进清华北大呢？然而大头不这么想，他嘿嘿笑说，万一文雅铅笔断了，口渴了，身体不适了，或者遇到了一道关于校园江湖的题目，他都能助她一臂之力。到了高中的最后一天，大头想的仍旧是如何对文雅好。

可能是大头太渴望对文雅好了，结果预言变现实：文雅的铅笔没断，口也不渴，身体倍儿棒，只是太着急，竟然在下出租车时，将准考证忘在一辆出租车上。这下子就麻烦了，考试快要开始，出租车司机照着练习簿上的电话打了过来，说希望没有耽误孩子的考试。

　　但是这个节骨眼儿，车子被堵在路中央简直让人崩溃。眼看着文雅急得快哭了，她是学校唯一有资格挤进名牌的学生，遇到这样的事情所有人都唉声叹气。大头想都没想，放下自己的考试用具，飞快地冲出考点，像发疯的野马一样冲向前方。他要赶在考试之前，将准考证送回心爱的人的手中。

　　可是大头忘了，这读了十年的书，这一下子就付诸东流了。

　　大头不知道自己前后跑了多久多远，总之当他终于看到那辆车的牌号，汗水和泪水一块狂流。他顾不上喘口气，穿过堵成迷宫的街道，冲向校园，冲向他深爱的人的身边，然后将准考证安全地交给文雅。当大头看着文雅拿着准考证开心地进入考场时，他才感到头昏目眩，然后眼前一黑就倒下了。

　　这一觉睡了很久，大头错过了很多事情，比如高考，比如文雅的感恩大餐。这感恩大餐据说是文雅的老爹组织的，请了学校的老师和亲戚朋友，连班长都叫上了，唯独没有大头。

　　大头心里想可能是太忙忘记了，没关系，说不定文雅要单请他呢。

　　大头说对了，文雅真的单请他了以表感谢。参加完高考的文雅没了压力，变得神清气爽，面色红润，似乎比以前更动人了。大头按捺不住情绪，鼓足勇气终于想向文雅表白，想要和她真正交往。然而大头一肚子感人的话还没出口，就被文雅一句下周是我订婚宴你要参加给堵住了。

　　那一刻，大头蒙掉了，什么叫订婚宴？大头有点转变不过弯，他竟然神经兮兮地站起来，抓住一个服务员问什么叫订婚宴？服务员看他那么紧张，笑嘻嘻地说就是马上要结婚了，要成家了，要进入繁衍下一代的准备了。大头像是兜头倒了一盆水，彻底清醒了。但大头就是大头，他爱文雅，就算到了备胎返原厂重新加工，重新制造概率回到那辆车的身后，他也愿意等。

大头抑制住情绪，笑着为文雅祝福，一个劲儿地傻笑，文雅却哭得不能自已，一个劲儿地说对不起大头。

分开的时刻，大头说要送文雅，文雅说有人来接她。大头就这样眼睁睁地看着文雅上了一辆车子离开。大头一个人失魂落魄地往回走着。他提醒自己要开心，要笑，可是他明明感到一串串湿漉漉的东西从眼角滑落，砸在那颗热腾腾的心上。大头感叹一声，唉，去他妈的古惑仔，老子心里不过住着一个姑娘而已。

05

>>>

毕业

　　念小学五年级时，男孩不爱读书，因为独自思考是一件寂寞的事情。后来他多了一个同桌，是个女孩，跟他一样的想法。于是他们就一起做题，比谁的速度快和准确率高。他们以为会一辈子，可是转眼就要毕业了。

　　那天，老师让同学分别到讲台谈谈将来想做什么，同学们的理想五花八门，内容不乏警察、老师、科学家和钢琴师……轮到女孩，她犹豫了一会儿，看到台下同桌男孩期待的眼神，她说我要以后和他永远在一起读书。班级安静下来，然后同学们哄堂大笑，只有男孩眼睛里亮晶晶的。

老师有点不悦，让男孩上来说理想。男孩同样是注视着台下的女孩，看见夏日的阳光打在她的身后，这一幕他看了很多次，逆光下她耳轮上的细毛十分的好看。男孩鼓起勇气说，我要和她永远在一起读书。班级里再次安静，然后同样是哄堂大笑。

老师觉得这两个孩子有点过早青春期的趋向，就打电话给两人的父母。父母知道这件事后，都装作不知道，回答当然也很贴切，说即便是早恋，那么这只是毕业前几天他们最后的美好了，何必要给没有结果的判断让孩子有心理负担呢？

那个时候，毕业前流行交换写毕业祝福。男孩早早地买了一个留言本，将第一张最干净最显眼的位置给了女孩。女孩当然也同样这么做。可是怎么写呢？男孩想，要祝福她以后会有更好的同桌去一起做题？还是提醒她写字时离纸板远一些？或者可以说让她多笑，她笑起来像春天的月亮。再或者嘱咐她梅雨天气她爱咳嗽，要记得吃药，要不然她每咳嗽一声他的心就疼一下，会想她会不会很难受，会整天为她担心……

男孩想了很久很久，最后只是写：你的侧脸很好看，耳轮上的汗毛很漂亮。你的字写得很工整，以后说不定会成为像庞中华叔叔那样的人。你说话的声音很清澈，我会记得你在我耳边对我说那道题的答案是海上生明月。你的身体不是很好，你要注意穿那件开司米毛衣，很漂亮也很温暖。最后他写道你要记得我，不要有了新的同桌就忘记我，要打电话给我……

最后一句话写的是，你能和我一起许愿吗？永远不要毕业的愿望!

男孩在写留言的同时，女孩也在思考怎么写给男孩。

她写下你不爱洗手，要改掉。觉得太生硬，撕掉重写。

她写下你念书的声音太大，虽然普通话很标准，但会影响到我，我会觉得喜欢但别人不一定呢。觉得太啰唆，撕掉重写。

她写下我们一起做过一百零一次试题，你赢了一百次，但我不会告诉你我是故意输给你。觉得不该揭开谜底，撕掉重写。

她写下我撒过一次谎，那就是你那次迟到，我和老师说你的单车坏了，所以要步行来学校。觉得老师会责备，撕掉重写……

最后，女孩终于将留言本递给男孩时，厚厚的本子就剩下单薄的三页纸了。

除了前面写了很多生活中的琐事，女孩最后一页写下 —— 对不起，我是故意撕掉你所有的留言纸的，因为我只想你记得我一个人。

然后是 —— 你能和我一起许愿吗？永远不要毕业的愿望!

男孩和女孩都许愿了。遗憾的是，他们没能也改变不了毕业。但遗憾之余还有额外惊喜，那就是升学之后还是可以选择在同一所学校念书，选择继续做同桌。

这个想法是他们毕业前打扫卫生时男孩突然提出的。他和女孩商量后决定回家就告诉父母，希望父母将他们安排到同一所学校同一个班级。没想到男孩心想事成，爸爸答应他，只要他能继续保持优良的成绩，一定会给他最满意的结果。

那天上午，刚到班级，男生就欢呼雀跃地将喜讯告诉女孩。当他问女孩进展如何时，女孩沉默少顷说，当然啊，有你在的地方就有我，我们会做一辈子的同桌。

那些日子是男孩最开心的时光。虽然毕业一天天临近，但那又如何，只要有女孩的时光，无论事世如何变幻，他都不会感到寂寞。

终于毕业典礼来了。那天男孩打扮得十分光鲜，笔挺的毕业服，整洁的领结，头发梳得发亮，在家里的镜子前站了一上午。男孩想象女孩穿着毕业服的样子，一定会很美。他想着想着就忍不住偷偷地笑了出来。

等到男孩赶到礼堂，毕业典礼马上就要开始了。男孩在走廊里着急寻找女孩的位置，很快他就看到了女孩坐在前排靠里的地方。他喜出望外，正要穿过后排走过去，然而一刹那，他就愣住了，他看到女孩旁边已经多了一位同学。那是班长。两人肩并肩地坐着，两只手还紧紧地攥地一起，满脸幸福快乐的模样。

一瞬间，男孩不敢相信自己的眼睛，但那分明就是事实。

男孩的眼泪都快忍不住流下来了。但还是理智地找了一个能够看到女孩的位置坐下来，然后整个毕业典礼他的眼睛都盯在女孩那里看。他想不通女孩为什么会那么做？到底他做错了什么？那一刻，男孩别无他法，他只是盼望着能够尽快上台演讲，这样子他就能吸引住女孩的眼光，告诉她他就在这里，为什么突然抛下他去牵别人的手？为什么？

终于轮到了男孩，他一边发表毕业感言，一边目光注视着女孩的表情。女孩分明看到了他，眼神却是十分的淡定，淡定的甚至看不出一丝涟漪。那一刻，男孩失望地快要哭了。他忍住情绪的波动将演讲发表完毕，伴着隆隆的掌声走下台。在走到座位的那一刻，男孩还是没能忍住，那滴眼泪终于夺眶而出，砸落在十二岁稚嫩的脸庞上。

毕业典礼之后，班级会有合影留念。男孩等待这一天等很久了，他曾无数次想到自己和女孩肩并肩站在一起的美好，这个画面深深地烙在他的脑海。然而事实上，女孩的身边根本不是他，而是班长。看着他们肩并肩幸福微笑的样子，男孩再也容忍不了。男孩径直地走到班长面前，毫不留情地呵斥他走开。班长愣了一下，装作视而不见。此时的摄影师已经调好角度，马上就要开始留影了，老师也满面春风地朝人群走了过来。男孩急了，冲上去一把将班长拉出来，推到后面，然后熟练地填上了那个位置。

那一刻，男孩感觉到女孩肩头的柔软，那是他熟悉的感觉。他转过头来看女孩，又是逆光下耳轮上好看的汗毛，只是不同的是，那张永远对他绽放的笑容消失了。

毕业典礼后，男孩在家里郁闷了整个暑假。他不敢拨出去那个电话，心里还在埋怨女孩。真是个忘恩负义的家伙。不过没关系，等到开学，他就让女孩亲口解释为什么，如果真不想再和他做同桌，他会主动让出来，永远不去打扰她。这样子突然变卦真的很让人心痛。

暑假一天天过去，终于开学了，男孩的期待到达了顶点。虽然期待满满，但他早已想好女孩挽着别人做同桌的残酷情形。没关系，大不了从此路人甲乙好了。男孩做好了心理准备。

那天，男孩早早地来到了教室。看着同学或陌生或熟悉的面孔一个一个地走进来，他数着人数，1，2，3，4……生怕漏掉了人数，快要数到 40 人了，女孩还是迟迟没有出现。

最后老师走了进来，满面春风地致辞。她很开心能和 40 位新生一起学习，从今天起，他将同舟共济和同学们一起打造美好的学校环境……男孩没有听进老师的话，因为他计算着人数，还差一人。他的邻座还空着，一定是她，男孩期待着。

终于，上课铃声快要响起时，同桌来了，当那位同学向他打招呼说很高兴认识你时，他才缓过神来，那是一张陌生的脸……

几年后，男孩快要初中毕业，他收到了一封来自海外的来信。是当年的女孩寄来的。男孩终于得知了真相。

当年女孩没能说服她爸爸继续在这座城市读书，但又不想让男孩太难过，只好选择让男孩死心。这样也许他会好过一些。当然除了这些文字外，还有一张照片。男孩抽出来看，顿时泪眼模糊，那是他们一起读书时的照片：男孩转过头看女孩，女孩安静地伏案写字，窗外的阳光打进来，女孩耳轮上汗毛清晰可见。男孩翻看照片背面，上面字迹清晰：我要和他永远在一起读书。

关于爱恋：

我一个人喝酒，一个人踱步，
一个人面对这世界的残酷

◀◀◀

CHAPTER
TWO

我的鲜肉时代

06

真高兴给你爱护过，很难得因你灿烂过

十年前，我是一位喜欢写诗的作家。

总会有人问我怎样追上一个女孩。

对她好？

不，让她对你好。

甜言蜜语？

不，让别人甜言蜜语地夸你。

死缠烂打？

不，那样只会成为备胎。

……

其实，我最想说，追是追不来的，要把女人当黑夜，你当光。你越亮，她越能看到你，吸纳你，因为你是同类，因为你足够亮。

十年后，我是一位写人性的作家。

又有人问我怎样面对失恋。

新的恋情？

不，不割掉毒瘤，病还会复发。

挽回恋情？

不，能挽回的不是恋情，是原来的自己。

买醉？

好，杜松子还是二锅头？哈哈，我陪你啊

……

其实，我最想说的是，感情是买彩票，能买中发家致富的人屈指可数，所以才会有那么多的人热爱情感剧。

不同的是，有人爱来爱去，养成了黄世仁的刻薄和自私；有人爱来爱去，练就了孙悟空的无畏和忠诚。

到最后，一身伤疤却成熟的人，领着上帝给的号码牌，会对过往说，真高兴给你爱护过。这样也好，最起码我们在这场爱情战役中成了那个伤痕累累却能自信前行的人。

记得前些年，读书年代，有对情侣，算得上班级里的金童玉女。

男的阳光，阔绰，痞气中带点深情，浪荡中带点专一，他不仅用情专一，读书专一，最后还占领学霸的头衔，被姑娘们当作理想男友的人选。

简直是富贵版的杨过。

女的也不差，秀气，干练，说话温柔却底气十足，人缘好到爆棚，身材棒到吓死麦当娜，她的字不得了，受欢迎程度犹如书法界的徐静蕾，

简直是风流版的小龙女。

杨过和小龙女是班级里的文艺活跃分子，大概家境也不错，逢年过节总是带留宿生去吃饭唱K。

记得在那个昏暗热闹的K房里他们都会点一首谢安琪的《年度之歌》。

前半段小龙女唱得投入，深情的眼神落在那句，真高兴给你爱护过。

后半段杨过唱得洒脱，感动的颤音顿在那句，很高兴因你灿烂过。

那时候觉得这首歌词写得有点矫情，配上两个矫情的声音，让我有种挤上去点一首《忐忑》进行群魔乱舞的冲动。

但冲动归冲动，看这样一对样板似的情侣秀恩爱，会觉得琼瑶阿姨的底蕴不会失传，真实版山无棱天地合的爱情就要上映了。bingo ~

后来临近毕业，发生一些事，杨过和小龙女分开了。

杨过转学去了外地，小龙女辍学进了一家私企。

这样的恋人最终分手的原因无从考证，就像你永远不知道高考成绩那丢掉的最关键的一分错在哪里，唯一留在心底让人念念不忘

的是，灯管闪烁，觥筹交错，然后前奏响起……

我听到前半段小龙女唱得投入，深情的眼神落在那句，真高兴给你爱护过。

后来得知，杨过的父母闹离婚，将家里变成了非洲种族之间的战场。开朗敏感的杨过左右为难，只能偷偷抹泪，小龙女当仁不让地成了摆渡人。在那样深夜的学校操场，杨过抱着小龙女哭得歇斯底里。第二天我们又看到那个阳光自信的男学霸，他将痛苦的样子锁起来变成一个谜。

我听到后半段杨过唱得洒脱，感动的颤音顿在那句，很高兴因你灿烂过。

后来得知，小龙女父亲创业失败，家道中落，每天躲债，以前的公主生活的维持需要强大内心的说服，在美丽的衣裳和昂贵的化妆品面前她无法视而不见。女孩子的青春有多久，在那样的艰苦岁月，杨过出现了，虽然他们的爱情不是建立在金钱的基础上，却用金钱维持得疏而不漏。没有人会觉得不自在，反正杨过下辈子也难以消费完父母为他打下的江山。

后来想想，每个人心中都有片挪威的森林，别人进不去，自己也走不出来。杨过幸运遇见了那个森林里为他指路的人，从此相信大雨倾盆，总有人赶来为他撑一把伞。而小龙女丢失了漂亮的舞鞋，也不怀疑满世界的格格巫总会有王子赶着马车载她奔赴鲜花簇锦的城堡。

只是青春值得爱的理由太多。孤独推着人寻求快乐，快乐推着人加注要狂热，狂热过后偏偏要面对取舍和消化残缺。所以，在所有的美好的背后都存在一个不舍。不舍过去的时光，不舍写誓言的课桌，不舍那个曾经义无反顾的自我。

但，如果爱过，那就是无关对与错。对，你就对得气壮山河；错，你也错得惊心动魄。多年后如果给青春的舞台献上一首歌，你可以痛痛快快地写上郑秀文的那首《值得》。

而大多数人，精明遇见算计，城府遇见阴险，愣头青遇见一根筋，赶尽杀绝遇见恩将仇报。爱到最后，连曾经写下的誓言也要一并摧毁，那这样的爱情也算是死得理所当然恰如其分。

所以说，世界上没有伟大的爱情，只有愿意为爱情付出到成为伟大的人。

如果非要说有，那一定是两个伤痕累累的人说，对不起，让你久等了。

从此相信爱你就像爱自己，这句话不再是我的名字。

它以婚姻的名义，深深地印在那些细碎而绵长的人生道路上。

真高兴给你爱护过。

别不舍得，也有人会跟我这样说。

真高兴因你灿烂过。

山高水远，谢谢你路过最好的我。

07

>>>

香港爱情故事

有一年，去香港拍戏，杀青后我想在香港好好逛逛，所以推掉了第二天返程的机票。那天晚上我在尖沙咀的夜市街吃喝闲逛到凌晨三点，回去打不到车。眼看天要下雨，天气预报说天鸽台风由黄色预警变为橙色预警。我在路边缩成一团，想着该不会为了口吃的把命丢在这里吧。突然一辆黑色的艾尔法汽车停在我跟前，司机摇下车窗说，去哪里？我送你一程，我有点诧异，他笑笑说，放心好了，香港没有黑车了。

男子很健谈，知道我是外地人，就不停地跟我介绍香港好玩的地方。当知道我是写电视剧的，他显得有点兴奋，说我有个故事你一定爱写。我闲着无聊，让他说说看，我没有期待他说的故事有什么特别的地方。因为有很多这样拉着要我写故事的人，最后故事都不怎样，要么是生活的流水账，要么是俗套的家庭矛盾。

但听完他的故事，我觉得有必要写一写。

为了保密，暂且给男子起个别名，叫阿蓝好了。阿蓝出生在香港铜锣湾，单亲家庭，早年父亲吃喝嫖赌。后来有次欠了别人的赌债，债主要他一口气喝完三瓶白兰地就一了百了，他就信了，没想到人刚喝完两瓶就倒下了，从此没能再站起来。

后来阿蓝的母亲嫁给了一个侨商。侨商人前温文尔雅，背地里是一个变态的家伙。他花样百出的家暴倾向深深地烙在年仅十五岁的阿蓝的脑海。

那个时候刚读高中的阿蓝发誓，一定要出人头地，手刃这个变态的老男人。在阿蓝日复一日的压抑中，他认识了同校的女孩阿真。阿真温婉贤淑，笑起来有酒窝，爸爸是香港九龙塘有名的律师，母亲是德语外教，她作为家中最小的女儿，自然被视为掌上明珠。

阿蓝第一次见到阿真就喜欢上了她，放学后在校门口骑单车尾随阿真。阿真觉得他很烦，警告他说他再这样，他就要告诉跆拳道黑带的哥哥，给他好看。阿蓝色迷心窍，嘴上装模作样地叫着我好怕呀我好怕，行动上却没有退缩的意思。

有一次阿真和同学去山上游玩，天色已晚，阿真和同学走散，失足滑到一个小山坳里。同学们点上火把找了很久都没找到就跑回去要报警。阿蓝听说阿真失踪很着急，就单枪匹马进了山找了很久很久。两只脚已经磨出血，终于在一个隐蔽的山沟里找到了阿真。那时的阿真的脚扭断了韧带，又叫不到车，阿蓝就将她驮到背上，穿着廉价的运动鞋走了二十多公里路，直到天亮终于将阿真安全送到家。

就是那次，阿真才决定真正接受阿蓝，她觉得这辈子可能再也不会遇见这样子对她好的男孩子了。

但两情相悦，不代表全世界都支持。阿蓝的出身遭到了阿真父亲的强烈反对，明令禁止阿真再和阿蓝接触。阿蓝当然不服气，跑到阿真的家里说他可以给阿真一辈子幸福。但有个屁用，不仅被骂了一顿，还被粗暴地赶了出去。

那天晚上，阿蓝伫立在阿真家楼下的马路上，望着窗边不住流泪的阿真，只能冒着大雨心如刀绞地跑回了家。到了家里，阿蓝还没来得及换掉湿透的衣服，就被继父打了一耳光。被警告以后不准再去骚扰孙会长的女儿。继父还骂他小流氓，让他以后老实点，不然就让他辍学去捡垃圾养家。

那天晚上阿蓝翻来覆去想了一宿，第二天终于决定要彻底地离开这个可恶的地方。可是他放心不下阿真。那天在天玺大厦的天台，阿蓝鼓足勇气将自己的困惑告诉阿真。没想到阿真突然说不如我们远走高飞吧。阿蓝望着一脸赤诚的阿真，还有身后繁华诱惑的城市，突然眼泪就下来了。阿蓝一把抱住阿真，说等我啊阿真，我一定要你过得比任何人都幸福！

疯狂的计划从那天开始执行。阿蓝偷了继父的钱，拨打了以前混社会的哥们儿的电话，带着当时年仅十六岁的阿真偷渡到了深圳。然后，这一待就是二十年。

这二十年内发生了很多事情，该吃的苦一样没少，该犯的错一样没差。但他们是幸运的，硬挺了下来。阿蓝办了公司，生意蒸蒸日上，买给阿真一栋别墅，还开上了跑车。

除了没有孩子之外，阿蓝仍旧像当初一样深深地爱着阿真。十几年如一日。

每次在感谢神灵的时候，阿真都会偷偷抹泪。一来觉得当年没看走眼，阿蓝是个好人。二来偷跑的那一年，父亲在电话里让她以后不准再踏进这个家里半步，死了也不能埋葬在墓地山，她是家族的耻辱……这成了她心中永远的痛。只是母亲在他们刚来深圳最拮据的那几年，曾偷偷地打钱给她，还说爸爸急性子，其实很爱她，还让她别担心家里，有哥哥在，只要她幸福一切都OK。

阿真每次接到这样的电话，就会一个人躲在卫生间哭很久很久。

阿真以为这样的幸福会一辈子，然而却没想到厄运会来得那么快。那年初，在各资金周转的项目中，阿蓝被朋友出卖。事实上阿蓝早有预感，却不相信十几年的朋友会做出这样的事情。直到朋友卷钱走人，还将所有的债务挪到公司，阿蓝才恍然大悟，在生意场上，友谊原来一点儿也靠不住。更糟糕的是这次阿蓝并没那么容易翻身，合作客户将他告上法庭，公司只能宣布破产，房子和车子都被抵债，夫妻俩只能住进了便宜的公寓筒子楼。

这件事对阿蓝的打击很大，有天他喝醉回家在楼梯失足摔了跤，第二天就突然胡言乱语，精神变得不正常起来。阿真带他去看医生，医生说他得了抑郁症，需要治疗，虽然开了一些抗抑郁的药，但心理疾病的恢复还需要自身的调节。

阿真不死心，打听名医，给阿蓝试了很多方法，统统没有疗效。后来有朋友说香港有家私人的俱乐部，每天都会有幽默知识渊博的教授讲课，还说很多抑郁症患者到了那里，都奇迹般地好了，况且香港终归是阿蓝的故乡，可以带他去试试看。

提到"故乡"二字，阿真突然想到他们已经阔别香港差不多有二十年的时间。是的，该回去看看了。

回到香港的第一周，阿真就在铜锣湾租了房子，还给俱乐部打电话为阿蓝报了名。一切安顿完毕，却始终没有勇气跟尖沙咀的哥哥联系。几年前爸爸已经去世，阿真本想回来参加葬礼，但老人病入膏肓时还在谩骂，死也不想看到阿真出现他的面前，可是夜里这个老男人又会一个人偷偷地哭。

走之前的那天晚上，老人家后悔了，哭着喊着女儿的名字，要见她最后一面，可是哪里来得及。

再见到哥哥，阿真得知他已经成位一名警察。兄妹俩相见，亲切地笑笑，拉着手走在小时候上学的路上。哥哥像以前一样带妹妹小时候爱吃的煎酿三宝，还嘱咐妹妹说妈妈年龄大了，如果有时间可以回去看看她，她嘴上说没关系，但其实很想女儿。

阿蓝在俱乐部班里果然有了好转，他发现自从进了这个班级，所有人都对他很友好，那种亲切的笑容是装不出来的。尤其一个穿开司米毛衣的女孩，她眼睛黑漆漆的，笑容最清澈，能让阿蓝想起当年第一次见阿真的情形。就这样，一来二去，阿蓝发现眼前的世界有了光彩，心中慢慢升腾起一种东西。他无法形容那种心情，好像一刻看不到那女孩就心神不宁。

阿蓝称它为爱情，他要鼓足勇气向开司米女孩表白，决定要写信给她。他通过同学打听到开司米女孩的地址，然后将心中最想给她说的话，全部写了下来。那段日子，阿蓝最开心的就是上下学，上学就可以见到开司米女孩，虽然她常缺席，但没关系，他就等到下学写信给她，虽然他不知道这样会不会适得其反。但阿蓝还是写了，他写他看到她第一眼就怦然心动，他写他想要跟她交个朋友，他写香港的小吃有她陪伴才有味道，他写想要和她去玩篝火，骑单车……文字真诚而坦率。

阿蓝寄出去信件的第二天，他就收到了开司米毛衣女孩的回信。女孩说她很开心认识他，觉得阿蓝的眼神很温柔，走路散发出的男人香味让她着迷，她因为认识了这样的男子，而觉得好像上帝给她开了一扇天窗……

阿蓝简直不敢相信自己的眼睛，把收到的信读了一遍又一遍，开心得像得了座奖杯的孩子。他字斟句酌地想着怎样给她回信，每次都是写到深夜，地上扔了密密麻麻的纸团，然后在凌晨将最满意的那一封装进信封，下楼放进邮筒，期待着开司米女孩看到信的样子。

但令阿蓝奇怪的是，在班级开司米女孩从来不主动跟他搭话。

偶尔遇见了只是礼貌地笑笑，平静地走开。对此阿蓝给自己的解释是，这是最纯真爱情的表现，他并不期待那种干柴烈火式的疯狂恋爱，那个不长久，也没有意思。

　　阿蓝跟开司米女孩的信件往复持续了三个多月。到第四个月阿蓝决定要亲口向她表白时，发生了一件事。那天俱乐部放学，阿蓝西服笔挺，神采奕奕，拿着花童送来的玫瑰，决定拦住开司米女孩当面向她表白。顺利的话，还要带她去法国餐厅吃烛光晚宴。虽然他并没有过多的钱可以消费，但追女孩这件事怎么能够寒碜。

　　可是令阿蓝十分意外的是，那天开司米女孩刚走出那座楼，一辆豪华的兰博基尼就停在她的跟前。然后从车子上下来一个大胡子的法国人，他们用法语争吵一番，最后法国人将开司米女孩拖进车子，卷尘离开。

　　阿蓝不敢相信眼前的一幕，那法国籍男子到底是谁？她的先生？不是，她在信里说她是单身，爸爸？更不是，那种眼神他看得出来，那是绝对热切的爱。

　　阿蓝一瞬间觉得头痛难忍，冲出去扔掉玫瑰就去追那辆车子。天阴沉沉的，暴雨濒至，雨线密集地冲刷着这座繁华的都市。出租车的广播里说一个小时内八号风球将会抵达香港，请市民务必做好安全措施。顷刻间，台风将至，路上车子和行人都在疯狂地逃窜，只有阿蓝一人在街道的中心疯狂地奔跑，追逐着那辆早就消失的兰博基尼的车子。

　　阿蓝是在台风过后的第二天知道阿真出事的。

警察打来电话，说死者面容不详，只是手里握着的手机的通话记录显示阿蓝的名字。次数是一百多次，但都是无人接听。警察判断这是亲友的联系方式，就打了过来催人认尸。

葬礼那天，香港的天空依然细雨迷蒙，墓地山肃穆和凄然，阿蓝俱乐部的同学除了开司米女孩，来了不少，他们打着黑色的油纸伞安静地伫立在雨中，一脸悲切。

阿蓝一边望着墓碑上笑容甜蜜的阿真，一边听牧师念"全能的天主圣父，你是生命之源，你借圣子耶稣拯救了我们，求你垂顾善良的女士，接纳她于永光之中……"的祷词。这时人群中突然冲进来一个人，一拳打在阿蓝的脸上，嘴里还破口大骂："混蛋，还我妹妹，我要杀了你……"

阿蓝认出他，那是阿真的哥哥。

也是从阿真的哥哥的口中得知，那天台风将至，阿真一个人出去找阿蓝，被一辆卡车撞到。死之前她还用尽最后的力气拨出阿蓝的电话。

阿真去世一个月后，阿蓝的抑郁症恢复。那个开司米女孩消失了半个多月终于现身。她主动约阿蓝去喝茶。那天阿蓝和开司米女孩坐在茶馆点单，外面候着那辆兰博基尼车子，车上坐着那个法国男子。

阿蓝期待开司米女孩像信里那样对他满怀热情和亲密无间，然而她却说对不起，听说你一直在找我，可我不认识你，如果你有什么需要帮助的，你可以开口。阿蓝有点生气，为什么一个人说的话和写的字出入可以如此之大，他压抑住情绪问他，难道你忘了我们的约定？

"什么约定？对不起，我不知道你说什么。如果我们之间有丝毫的关联的话，那就是你的太太。她曾经跟我说过，你有抑郁症，拜托我照顾你，见到你要笑，真诚的笑。好像她也把这件事告诉了其他同学，大家被她的一片真情所感动，都愿意配合她。目的就是希望你能尽快地恢复健康……现在她突然离世，我感到很抱歉，也能理解你现在的心情。"

说完，开司米女孩起身离开，打开那台兰博基尼车子的车门，坐上，卷尘离开。

阿蓝的脑海反复地盘旋着开司米女孩的话，像做了一场噩梦。他疯了似的打车回家，然后拉开抽屉，找到那些开司米女孩写给他的信。其实只要他认真地看一遍就会明白，那些字迹，那些鼓励他的温柔话语，还有那些信纸上亲切的气味，完全就是他再熟悉不过的阿真嘛……

08

>>>

前路太险恶，别丢下我

有一天，接到一通电话，一个电影公司的策划想约我写部电影。我问什么题材，她说是真人真事，关于她总裁的一些事。我顿时无好感，我喜欢写没有经过刻意加工的平凡人生，但遗憾的是，这些年接手的所谓"我自己的故事"大多是胡编乱造，甚至没有任何温情可言，写出来基本上是流水账。我本要拒绝她，她说价格不菲，而且绝不拖欠稿费。那时候我需要买一把像样的吉他，就答应了。只要故事太糟糕，又拒绝修改，就直接走人好了，反正手头紧也没紧到需要变卖真诚这样的地步。

见了那姑娘所说的总裁，跟预想的有些出入，基本上确定故事可以推进了。因为那总裁大概只比我大七八岁的样子。短发，干练，待人接物有种让你不容拒绝的亲切感。虽然她是那种女强人的范儿，但跟这样的人合作，我已经断定问题会少很多。一来她将合作的要求说得一清二楚，省去了那种称兄道弟犹豫不决的假惺惺嘴脸；二来她讲故事的逻辑很好，像是写过东西的人，个别细节我都被深深地感动，写下来会有深度。

女总裁说她刚去北京的时候，有个男朋友，那男孩子跟她一起念高中，一起念大学，从十五岁就认识，差不多像连体婴儿一样习惯了有彼此的生活。他们都喜欢文学，在别人去吃美食、逛商厦、酒店缠绵的光阴里，他们就把时间给了图书馆。

为了在大学读更多的书，每次他们分别读不同的书，然后讲述给彼此。这样下来，能用一半的时间读两倍的书。他说以后毕业要为了她搞一座私人图书馆。为了实现目标，升学第一天就开始买旧书，别人不要的他都统统收集起来。后来为了得到某本书，他在图书馆甚至变成了盗贼。有天晚上他被图书管理员抓到，当即就被罚了一百元，后来他算了算，一百元能买十几本书了，顿时心疼得不行。

快要毕业时，他的宿舍里图书已经将他的那张小床遮盖得严严实实。毕业的时候，要运走这些书真的是件困难的事。没钱请得起搬运工，两人就只能从没有电梯的七楼往下搬。女孩说不要了，以后再买，男生坚决做完，说这是我对你的爱情约定。她骂他神经病，他说为了爱疯狂一次，你不要管我了。

毕业后，他们在本市工作了一段时间，要去北京发展。他存了几年的书只好低价出售了。那天晚上他哭了，说四年的心血，每一本书上面都盖着程爱程的印章（他们都姓程）。她说没关系啊，这样那些爱读书的人就可以把我们的爱传到大江南北，一点也没差。

带着这样的承诺，来北京第一天，他们就开始找工作。因为之前比较喜欢看书写字，对大学的专业又不感冒，就向各杂志社和报社投稿，后来只要看到与文字有关的工作他们都要试一试。后来有天他接到一家电影公司的电话说，有一个电影可以写，要不要来试一试。他开始很怀疑自己，就拉上她，两个人跟别人专业有经验的团队一聊，竟然莫名其妙地中了标。

接下了活儿，虽然稿酬很低，但在这一次之后，他们很快就在圈里有了名气。很多人邀请他们写电影，自然生活得到了改善。要知道之前他们挤在十几平方米的隔断房里，糟糕的外卖一天只能吃两顿，夜里翻来覆去睡不着，胃里不住地泛酸。出门搭公交也要找那种便宜的。

直到来北京三年，有天她换衣服，让他背过身去，他不肯，偷偷地看，才知道原因，原来她穿的那件背心还是大学时他勤工俭学送给她的礼物。如今烂了几个洞。他突然很心酸，觉得很委屈，第二天就买新的给了她，说以后有钱了，我要你穿这世界上最贵的衣服。她问他有多贵，他挠挠头竟然回答不上来，两人都笑了。

在北京的第三年，他们已经换了新的房子居住。虽然不用跟别人挤在一起，但仍旧是那种地铁最后一站附近的平房。没有暖气和自来水，冬天她洗衣服总会冻到手指发麻，夏天一台破旧的风扇会越扇越热。就那样的日子他们觉得很幸福。因为他们有了网，可以写作，有了私人的空间。但比较抱歉的是只有一台电脑，她舍不得用，就给他来写。

他们还养了一只流浪猫。有天晚上他们回来，路上一只小猫咪被一只大狗欺负。他们赶走大狗，发现这只猫已经奄奄一息，回来给她洗洗身子，喂点热汤，本来想着不能给它生，最起码让它体体面面地走，没想到小猫竟然奇迹般地活了下来。小猫很有灵气，他每次写字，它就蜷缩着身子窝在他的旁边，喵喵地叫着，蛮有诗意的。

后来他手上的活儿越来越多。她开始能给他帮忙，越往后有些东西也只能他亲自动手。大概是为了确保生活持续，必须舍弃一个人照顾对方。毫无疑问，这个人就是她。久而久之，她手上的功夫就下降了，但她很有天赋，有时候被剧情卡住很久，他讲给她听，她一个点子就能化腐朽为神奇。

就这样子，时光过得不紧不慢，透着暖暖的调子，他们的生活一天比一天好了起来。很多个夜里他们计算着收入和行情，想着在不久的将来，就可以买房安家立业了。再好一点，还能买车子，然后和她……说到这里，他有些哽咽，说不下去了。她知道他要说的是结婚，这件事他十几年前就跟她说过。记得那是在一个村庄的桥下，秋风习习，麦浪飞舞，他将辛辣的野花编成花帽给她戴，还有很多俗套的承诺随着潺潺流水交给将来的时光做见证。

那一刻，她是幸福的，只要能跟他在一起，对女孩子来说，至于未来真的不重要了。

然而他觉得重要，他受不了她穿得越来越俗气，皮肤一天天变坏，在最好的时光里慢慢地枯萎失去生机的样子。于是他疯狂地接活儿，顾不上身体，有点玩命的意思。她劝他劳逸结合，他说没关系，等做完这个活儿就能实现我们第一个愿望了。

可是这个活儿做完，他就结婚了，然而对象并不是她。

故事讲到这里，我叹了一口气，女老总笑得有点勉强说我们写东西时总是喜欢用"然而""可是""偏偏"这样的词。这并不是可以修饰，因为生活有太多的无可奈何。就像她这样子，开始她并不知道他出了轨，或者说完全是无意识的行为。他被一个项目调去别的城市采风，和他一起去的还有公司一个能力很强的女策划。两人喝醉了酒，女策划向他表达寂寞，他本想拒绝，然而她说只要跟她上一次床，就能给他下一个项目的机会，而且这件事将会石沉大海。也许是太想赚钱买房和她结婚，又加上微醺，就莫名其妙地应了。

可是一个月后，一切都变了，她怀孕了，闹着要他负责。而且那姑娘又有很好的社交圈子，如果捅开，基本就断了他的财路。他没有办法，就跟她说了事实，像当年跟她表白一样冷静。她听完没有强烈的情绪反应，只是含着眼泪说，你辛苦了，蛮好的，今后再也不用过这样的生活了……当时他就哭了，他多希望这句话是一个耳光，会让他好过一些。

他很快地搬走。留下那间他们住过两年的平房和一只猫，还有乱七八糟的生活用品。包括那些印有"程爱程"的旧书。同时还有一笔钱，但她拒绝了，理由很简单，他一无所有时她没有图他什么，分开时也不会图什么。他骂她傻瓜，冒着雨跑走了。他浑身湿透，一边哭一边打自己耳光，说混蛋啊混蛋，你以后再也不会有这样的姑娘了……

又过了三年，他已经成为著名的编剧，住着豪宅，开着价格不菲的车子。有天路过那座小平房停下车子，他想去看看那间他曾经住过的平房，或者说看看她。然而望着冬日暮色下平房冒出的晕黄的光的样子，他有点不敢上前。他站了很久，想起她冬天在外面打水洗衣服的情形，想起他每次归来很远就能闻到她亲手烧出的菜的香味，还有那只猫……

想到那只猫，他突然听到"喵"的一声，他慌忙转身，结结实实地吓了一跳，因为他没想到还是那只猫。虽然长大了，蓬头垢面的，他仍能分辨出就是那只猫。难道她还住在这里？他心里一泛酸，上前就要去找她，可是他分明看到一个高个子的男子走进了那间平房。一瞬间，他止步了，失落地想象着可能发生的一切。

但他误会她了。他搬走的第三个月，她就搬到了别处，只是没办法带走那只猫，也许它爱上了有他们两人的时光。走的那天，猫躲得远远的，喵喵地叫着，然后掉头跑走了。

说到这里，办公室里有只猫向她撒娇地跳过。她抱它到怀里，说那段时光是她这辈子都不可能忘记的。突然就觉得什么都要一个人了。那种孤独感、冷落感，差不多能逼到她去死。她想过要离开这座城市却不甘心。事实上，他走的那天，她追了他的车，一边跑着一边哭着喊着说，不要丢下我，但她心里清楚他是不可能听到的。

一切从那一刻一笔勾销，以后一切都要靠自己。

好在她后来还算幸运，或者说够有危机感，只要一想他，脑子就想到要拼命地工作。从策划到编剧，从编剧到执行制片人，最后她在一部电影里投了钱，成立了自己的公司，然后在业界干得风生水起。说这话的时候她说你可能不知道我做一切的理由，为了生存的话，她根本不需要这样拼命，她要的是在这个行业彻底扬名立万，就是为了让他看到。

我问她看到又怎么样呢，又回不到以前了。她沉默片刻说，她不想改变什么，只是希望他知道她过得不错，然后能够心安理得。只是他这些年过得并不心安理得，老婆生下孩子后就频繁出轨，他接手的几个活儿也都莫名其妙地黄掉，甚至以前写过的东西也被人翻出来告上法庭说是抄袭。

总之，自从离开她的那天起，那种愧疚和自责感就深深地扎在心底，事业一落千丈，最后只能被迫从枪手干起。

他自然听过她的名字，就避开她的项目，避免尴尬。可是避来避去，还是撞上了，不知道这个圈子实在太小，还是她的实力够大，开策划会那天他终于见到了她。

他怕她认出他，就临时取了一个笔名介绍自己，她完全没有当作他存在，一直在介绍项目的内容，甚至没有抬头看他一眼。这让他心里多少有点安慰感。可是整个项目下来他蒙掉了，这个故事就是当年他们两人中意的其中一个，那时候他们多么盼望有机会将它拍出来。

在那次策划会，自然他的点子得到了最终的认可。他被定为总编剧，然后带领团队完成项目。他心知肚明，这个项目下来，他差不多可以再一次翻身。她也明白，很可能这也是她帮助他的最后一次。

可能是心怀愧疚，也许是为了证明给她看，整个项目他做得有声有色。开机前一天，全组朗读剧本，所有人都被这个故事震撼了。只有她一个人心平气和。她知道她等这一天已经等了太多年，而他只想通过这个项目问问她近来可好。可是没机会了，她将故事的结尾改为了女主角已经结婚，生了可爱的儿子，等到孩子一入中学，他们全家就移民去了国外，从此销声匿迹。

而真正的结局跟这差不多。她如今结了婚，有了孩子，生活过得平淡而幸福。他们的交集越来越少，大概碰上了，面对工作也只是就事论事，在漫长的工作交流下，世俗的东西甚至遮盖住了当年的点点滴滴。

人安稳下来，看起来是好的，其实是最可怕的，因为她深深地记得，他走的第三个月，她搬走的那天那只猫就死掉了。后来他遇见的是另外一只，可能是真的，也可能是他看花了眼，是一场梦而已。一切都像他们英年早逝的爱情，真是惨烈。

故事讲到这里，已经结束了，我问她那你有没有回忆过以前，或者偷偷地想过假如你们在一起将会怎么样。她笑着抚摸着沉睡的猫儿摇摇头说，一切都过去了，我现在只想回家看看我儿子有没有偷懒不写作业，听听老公为工作发牢骚，看一场胡编乱造的肥皂剧而已，或者说，希望你能尽快地交稿。

我点点头说，那最好，不带情绪做事情会很好，那你可以告诉我这个故事的名字了。

她转身指给我看那面黑板 —— 前路太险恶，别丢下我。

09

〉〉〉

小弟

　　她不觉得他是他弟弟。

　　虽然他们同父异母，后来父亲去世，母亲带着姐弟俩嫁给了一个教授，十几年的相处却没有过多的感情。

　　她十七岁那年，因为讨厌继父那张虚伪的嘴脸而寄宿学校，每天用功读书，被学校评为最有资格进入名校的学生。而弟弟更叛逆，在学校里臭名昭著了两年，最终辍学去社会上鬼混。父母托关系让弟弟去夜读学校做送餐员，他干脆不回家，成了流浪公民的一员，只有姐姐隔三差五地才有机会见到他。

　　为什么只有她能见到他？因为他去游戏厅打游戏，打到口袋空空，然后打电话给她，她要买好游戏币去帮他重新激活。他与帮派争地盘被打得头破血流，他打电话给她，她要赶过去送他去医院为他付医药费。有时她还要抓住他少得可怜的时间，请他去吃 KFC，然后告诉他母亲很想他，希望他回去一趟。每当这个时候，他就会暴跳如雷，说我不想看到那个假慈悲的男人的嘴脸，那个家根本不属于我，所以如果真想我，让她亲自来见我好了，反正我不想回去。

有一次，大雨瓢泼的夜晚，室友告诉她，外面有个小伙子来找，说十万火急。她当时就想到一定是他。跑过去一看，在便利店的门口，果然是他。他身上湿漉漉的，额头上的发丝一根根地渗着水，滴到脸上，可怜巴巴的样子。除了他，身后还跟着个一脸稚嫩穿学生装的小姑娘。

她有不好的预感。果然，他告诉她说小姑娘怀孕了，他干的，他们无力负担起这孩子的将来，于是想要做掉。当时她有点震惊，如果以前他打架欠债无理取闹她都能接受，但这样的事情让她简直不能容忍。她知道自己一定会帮他解决，但这一次她毫不留情地打了他一耳光。打完之后，她愣住了，他也愣住了，这是他平生第一次打他——为了一个姑娘。

但她绝不后悔，她让他知道，其他没关系。但，这是生命。

孩子打掉之后，弟弟消失了，很长一段时间不再跟她借钱，不再让她帮他摆平一些无关紧要的小事。她的理解是，他在生气，小时候就是这样，在饭桌上他挑食，父亲打了他一个耳光，弟弟没有哭，却选择了离家出走。后来迷路找不到家，被邻居家下班回来的叔叔在 KFC 的门口带了回来。从此以后，只要弟弟不开心，她就会带他来吃炸鸡。也只有在这样的环境下，他才会弱弱地喊一声姐，连一声姐姐都没有……但，仅此而已，也是她心里很大的安慰，因为她知道在弟弟的心里，她的位置永远是第一位。

弟弟和她最终回来居住，是因为妈妈生病。几年来，一家人总算聚在一起，她觉得那一天很幸福，尽管她也很讨厌继父那张虚伪的嘴脸。但看到弟弟狼吐虎咽吃东西的样子，她差点流出眼泪，这样子让她想起小时候那少得可怜一家人欢喜的时光。

只是她怎么也想不到这一晚竟然成了以后的噩梦。

那天晚上，她去盥洗室洗澡，突然听到外面有人大声吵骂。她心里七上八下，马上穿上衣服，出去看情况。和她预料的差不多，弟弟和继父打了起来，原因不得而知。就知道那一晚她睡得不安宁。第二天弟弟就消失了。这一消失就是十几年的光阴。

至于弟弟消失的原因，直到后来她才断断续续地得知，是从母亲那听说的。那天晚上她洗澡，继父这个人面兽心的家伙竟然在窗户偷看，结果被弟弟抓个正着。弟弟骂他禽兽，抓起刀就要砍继父。继父巧舌如簧，把事情的矛头指向弟弟对他这个继父有成见。弟弟冲动像只小兽，母亲怕他出事，就打了他一耳光，又狠狠地教育了一顿，然后委屈地哭了。

那晚之后还发生了一些事情，这也是她后来知道的。

继父要求弟弟单独和他聊一次，希望能消除他们之间的误会。说这些话的时候，继父语气温和，极度展现了他教授先生的本色。

可是这样的人，怎么会让人想到，他转头就命令弟弟脱掉鞋子，赤脚走进一间存有水的空房间。水淹没弟弟的脚脖。起初弟弟只以为是老套的关黑屋，他答应母亲不再和他发生冲突。但是他没想到的是，那个人面兽心的家伙，突然拿出一条电线插进水中，电流通电。弟弟马上被电得吱哇乱叫，蹦跳起来。这一跳不得了，两只脚立马踩在尖锐的物体上，等他感觉到刺心的疼痛后，他才意识到这水下面撒满了图钉……

十几年后，她成绩优异，申请了去美国麻省理工学院读经济学。几年后回国，和朋友一起创办了公司，赶上好的市场行情，公司很快在行业内立住脚，而她也成了一名人人羡慕的女总裁。但她心里总是空落落的，前几年继父去世，留下母亲一人，孤儿寡母，不免有些凄凉。而她暂时又不想成家，她骨子里对男人还是有成见。而弟弟自从那一年出走后，就再也没有回来。她有时候会想念弟弟，想到他们小时候的时光，想到他吃 KFC 一脸满足的样子，也想到他很可能此刻在某个地方忍饥挨饿的窘样。但她心里清楚，弟弟很可能在那次被继父惩罚后，留下阴影，再也不会回这个家了。

大概是她朝思暮想，母亲日复一日地念叨，她做梦也没想到还会再次见到弟弟。

有一年她跟朋友去一家 LIVE 酒吧喝酒，平时她从未来过这个地方，那天觉得这里聒噪的氛围反而让她得到稍许的放松。她被朋友拉着跳到舞池，疯狂地蹦跳起来。在群魔乱舞的间隙里，她似乎看到一个熟悉的轮廓。那个人坐在不远处的席位内推杯换盏，样子暧昧而轻浮。虽然只消一瞬间,那双发亮的眸子依然深深吸引了她,像小时候一样。是的,那个人就是弟弟。

十几年了,他原来根本没有离开过这座城市。他像阴暗角落里的藻类在她不知觉的时光里苟活着,或者说他活得很自我。

她拜托朋友,以生意合作的方式约弟弟在一家咖啡厅见面。弟弟竟然痛快赴约,只是没想到的是,弟弟见到她的第一面会脸色通红,愣在那里像小时候的样子。他们就那样沉默不语地坐了一上午。后来两个人都不自觉地笑了,笑得像十几年前在家里吃饭吵闹的时光,没有人再提及以前。

她告诉他妈妈很想他,希望他能回家一趟。他没有拒绝,只是当她问他为什么这么多年要选择失去联络的方式来和他们相处,弟弟不愿回答,只是俏皮地嘴角上扬说,我没钱了,看你现在的样子,埋单应该更容易了吧。然后,她笑了。

弟弟答应来公司帮她做事,并且做得很好,每当她路过办公大厅,看见弟弟西装革履,熟练地敲击键盘,还与同事友善地交流事宜,都觉得这是上天的恩赐,将当年欠弟弟的爱全部有机会还了回来。而弟弟明显比以前懂事了,他学会回家看妈妈带上老人家喜欢吃的食物,懂得替姐姐分担将公司的大大小小的事情处理得井井有条,在公司圈里受到大家的好评,如同一个当红明星似的被公司所有人追捧。

后来她看得出公司里的王秘书好像对弟弟有好感,两人走得很近。她就意识到弟弟大了,需要女友了,说不定年底会迎来更大的喜讯。虽然她的爱情一塌糊涂，但弟弟只要能安家立业，她也算是心满意足了。

然而年底没到，又出事了。

12 月底，一个客户来公司谈项目，过程十分煎熬，但经过团队一直努力，终于将这个大单拿下。临走前，她让弟弟和王秘书送那位和蔼可亲的董事长回酒店休息，可刚将老人家送到车上，才发现他的包包忘在了公司。弟弟只好跑回去取，返回时他竟然看到半掩的车窗，那个和蔼可亲的老家伙抱住王秘书疯狂啃了起来。

王秘书招架不住，急得快哭了。一瞬间，不知道怎么回事，也许是想起当年继父教授的那张嘴脸，突然弟弟怒火中烧，像只失控的豹子，冲上去，拉开车门，将老家伙拉出来一顿暴打。老家伙也不是软柿子，骂道，王八蛋，你跟我装什么清高，要不是老子可怜你姐姐，你们能签到这样的单子吗？清纯？找死啊你！

话到这里，弟弟更怒了，发疯地拳打脚踢这个老家伙。老家伙死死地抱住弟弟的腰部。弟弟猛地一甩，将他甩到路中间，正好此时一辆车子飞快驶来，将老家伙撞到十米开外……

弟弟自觉杀了人，便开始跑路。

没有人知道他去了哪里，他的工作台空了下来，电话变成空号。他像一个暂时归队的冒牌军，最终还是回到了他应该去的地方。然而去的地方不是酒吧，不是游戏厅……哪里都不是，他去了一个谁也不知道的地方，苟且地活着。

她找了律师，去公安局录了口供，前后跑了几十趟，才将弟弟蓄意杀人的罪名翻过来。公安局撂出话，只要他能自觉自首，一切好商量。可是事情虽没那么复杂，她却怎么也找不到这只受惊过度的鸟儿呢？

　　大概是这件事闹得人尽皆知了，也许弟弟想通了，总之得知弟弟的下落时，她松了一口气。或者说她终于想明白了一件事，那里就是弟弟梦寐以求的自由天地。

　　那天晴空万里，她带着警察来到了海岸，远远地看到一艘旧船扬帆起航。蓝天碧海背景下弟弟像个水手，从船上跳入海中，像条鱼一样游来游去，然后从海中冒出头，麻利地顺着梯子爬到甲板。海鸥略过头顶，弟弟迎风高呼，俨然是童话里的英雄。

　　那一刻，她笑了……

10
>>>

我一个人喝酒，一个人踱步，一个人面对这世界的残酷

很久以前，认为单身、潮装、迷茫、通关王者荣耀、初见岳母……搞定的难度系数差不多依次递增。

很久以后，认为单身、潮装、迷茫、通关王者荣耀、初见岳母、单身……搞定的难度系数依然是依次递增，唯独单身系数忽高忽低。

终于单身，发觉想一个人很寂寞。

免于单身，发觉想一个人很困难。

可是三十岁了，庸俗一点好了，白衬衫，红背景，哒哒哒盖上章，从此允许身边多了一个叫你起床的人。然而现实也会给你提醒，

这世界上还有个叫作"婚姻"的词汇，于是履行婚姻的约法三章，一边想双宿双飞，一边想形单影只。

奈何婚姻就是婚姻，没有它，双宿双飞，那就是不以结婚为目的恋爱都是耍流氓。

有了它，形单影只，那就是结婚了还去恋爱的行为，此乃真流氓。

而以上的话，版权所有应该归属我的一个朋友。他最近碰上了感情问题。

两年前，朋友跟我说，他事业有成，成功到会让全城所有扒手绑架他，人又长得潇洒，潇洒到能够绑架全城所有女青年。

在所有人被他的魅力蛊惑，想着拿电视里的美男子做类比时，他一字一顿地宣布：我，还，没，有，女，朋，友。

开始我们都认为这样的男子，回眸像张国荣，挥手像李嘉诚，妥妥的钻石王老五，没有婚恋，一定是有病。

后来发现他真的有病。

他犯了一种叫作狗熊掰棒子的毛病。

掰掉一个棒子，丢了，啊，好可惜，那是我的陈三两。

掰掉一个，丢了，啊，好遗憾，那个是我的白素贞。

掰掉一个，丢了，啊，好心痛，那个是我的小燕子……

后来，我建议他可以改行做编剧，编出一个陈三两加白素贞加小燕子的结合体，完成这世界上唯一一个最桃花源记式的婚礼。

他跟我说，别闹别闹，他很痛苦的。

我说怎么样痛苦？

他抠了半天，学着我咬文嚼字说，用你们作家的方式表达，就是单身太久，人会发霉的，我不知道怎么形容，反正就像饿了想吃烧烤一样。

说这话的时候是夏季，从来不喝酒的朋友，和我在陶然亭的一个昏黄的烧烤摊子把自己灌到呛痛嗓子眼。最后他连续夺了我三根中华烟，终于狂吐不止，号啕大哭。

失恋的人都一样，就像夏天恼人的闷热，就像生活大姨妈似的失望，连绵不绝。

我看他的样子实在太惨，决定告别鸡汤男神的我，破例为他重新做一次拿剑的三少爷。

我说，只要你继续事业有成，继续为我结账下去，继续为所有的朋友结账下去，好运就会来的。

然而他拿出一张银行卡要埋单，最后却睡过去，老板说没有pos机，我结了账然后送他回家。

两年后，又是夏季，瓢泼大雨，情景重现。

朋友照样灌到自己酒水呛痛嗓子眼，最后他连续夺了我三根中华烟，终于狂吐不止，号啕大哭。

我看他的样子实在太惨，决定告别鸡汤男神的我，破例为他重新做一次拿剑的三少爷的时候，忽然意识到今非昔比，他的身旁多了一位小巧玲珑、温柔可人的姑娘。

姑娘话语温软，待人接物落落大方，虽然是大长腿大眼睛，却让人觉得是一个不折不扣的靠谱女友。

我打算继续跟朋友说只要继续事业有成，继续为我结账下去，继续为所有的朋友结帐下去，好运就会的。然而朋友又拿出一张银行卡要埋单，结果又睡了过去，可惜两年了，老板依然没有 pos 机，我结了账，打发姑娘送朋友回家。

没想到故事逆转了，朋友要我送他回家，他挥手打发姑娘走了。

两年了，单身公寓变成了双人公寓，拖鞋整齐摆放，茶具一尘不染，一拉开冰箱，牛奶蔬菜水果一应俱全，透着浓浓的生活气息。

朋友靠在沙发上跟我说，单身的时候，觉得一个人好惨，那么养狗好了，后来发现身边养狗的朋友都是单身。有一天出去遛狗，差点把自己遛哭了，赶紧跑了回来。后来终于如你所愿，在我为朋友结账结到差点财政赤字时，终于我的女神来临了。她带了一只狗过来和我一起生活。

开始我觉得那只狗很讨厌，总是在我们最甜蜜的时候凑过来，我气得差点上网搜了狗肉做法一百招。两个月后，我发现我爱上了那只狗，因为狗的动作眼神都会变，而我和姑娘之间的日常就像自己的名字，闭上眼也能一笔一画地写出来。

朋友说，你是写字的，赶快给我出招怎么办，我是不是得病了？我请你吃小龙虾啊。

我努嘴，刚刚吃过小龙虾。

他说，那下次我们三缺一的时候，叫上你，让你四喜临门好了。

我努努嘴，刚刚吃过小龙虾。

他不死心，继续说，那，我将她的闺蜜介绍给你，三线明星呢。

我努努嘴，刚刚吃过小龙虾。

......

我以为他不死心，会继续糖衣炮弹，没想到我沉默片刻，他已然鼾声一片。

那一刻，我看着他带迷茫的表情竟然睡得香甜的像个孩子。

其实我想跟他说：原来喜欢一个人，后来喜欢一个人，一点也不难理解。以前喜欢一个人，虽然有前世千百次的回眸，换回今生的和你擦肩而过的浪漫，但浪漫的本质或许并不是我们拼尽全力去寻找一个浪漫的人，而是找到一个人和他过余下浪漫的人生。

然而我并没有机会跟他说。一年后，朋友结婚了。

夏末的北京，窗外大雨倾盆，酒店济济一堂。

婚礼热闹非凡，人声鼎沸，新娘还是那个小巧玲珑、温柔可人的姑娘。

可是新郎变了，脸上的脂肪挤压着五官。

朋友挂着滑稽的笑脸，喝得醉醺醺的，跟每一个朋友捧杯说祝福。

我察觉到除了身材，他还有变化。

朋友会不厌其烦地给每一个人介绍新娘，字字句句发自肺腑，眼神热切真诚，光从他描述的细致日常，足以证明他具备让姑娘信任他海誓山盟的资格。

作为一名情感类作者，这么多年，看过身边太多分分合合，合合分分，越发清楚单身二字的含义。

　　单身是什么呢？单身就是一个人无关痛痒地无病呻吟。单身就是饿了掀开街头龙虾店的门帘。单身就是累了睡到梦游十八岁。单身就是给世俗庸常按待定说 NO 的停顿。

　　……

　　单身就是一个人说走就走去大理，风景大概周而复始，可相遇的人天南海北，从此相信一杯酒能换来一个故事，一张票能聊通心事，一次看日出能看得懂人生的潮起潮落。

　　一生很长，单身很短，若是再去计较这个短，那么一生的长该有多枯燥多漫长。

　　原来喜欢一个人，没关系，该爱的时候就去轰轰烈烈地爱，人生处处情人节。

　　后来喜欢一个人，没关系，该离开的时候就要离开，管他二月十四还是 7 月 7 日情人节。

　　有丰富紧凑的剧本，热血务实的团队，你就是生活的《情圣》。

关于旅程：

我不是童话，我只是想和你
看一看外面的世界

◄◄◄

CHAPTER
THREE

我的鲜肉时代

11

›››

荣华

　　遇见阿荣是在我考取建筑设计研究生的那段日子。当时我在异乡求学，托朋友寄宿在本科生的宿舍认识了阿荣这个人。我很少主动交往，除非遇见特别投机的朋友，但阿荣不同于他人，大概见一面基本上就终生难忘了。

　　可是我还没见到他的日子，其实已经有所耳闻了。那天宿舍的同学聚在客厅聊天，我抱着书路过，他们拉我入伙，我不好意思拒绝，就接了一支烟。我听了一会儿，才知道他们在讨论阿荣，话语充满了讥讽、愤怒和嘲笑。

　　他们说，阿荣以前当过兵，在部队里玩枪走火伤了战友，但拒绝写检讨被复员，名声不好。他们说，阿荣在学校里跟女老师走得很近，而且是那种年龄很大的，肯定图谋不轨，有恋母倾向。他们说，阿荣有次六级考试贩卖抄袭器材狠赚了一笔，拿钱买了辆二手奥迪，喝醉酒飙车差点丢了性命，后来车子就不见了。他们说阿荣经常深更半夜回宿舍，然后打一宿电话，还会带奇奇怪怪的人进宿舍，办派对，跳舞，唱歌……弄得大家意见很大。总之，就像罗列罪刑一样，阿荣的事迹前后加起来，基本让我不困难地给未曾谋面的他下定义了——混混。

但第一次见面好像有点出乎我的预料，我觉得判断似乎有点出入。那是开学一个月后，听说阿荣在校外租房子，很少回来。那次我正跟一位舍友去多媒体教室听讲座，路上舍友扯我的袖子说，那个就是阿荣了，马上就要学科考试了，大概回来参加考试。

我定神望去，看到几十米外的一老一少正言辞激烈地争吵着。阿荣嘛……大概跟我想象中差不多，高个子，短头发，脸上带着邪魅的笑，衣服搭配很潮流，有点像颓废版的金城武，应该是那种在学校里大受欢迎的类型。老人我很熟悉，听说以前是学校的教授，因为痴迷化学，一次做实验失败，爆炸后碎片侵入大脑，出院后精神就不正常了。生病后的老教授拒绝离开学校，平时除了精神混乱之外，还保持着以前暴躁的脾气，动不动就骂人，所以大家都躲着他走。

我问舍友阿荣在跟老教授争吵什么？舍友摇摇头说，这个不清楚，只知道每次阿荣回来路过这里就给老人买烟抽，买水果吃，还耐心地听他训斥，完全看不出那个浪荡分子的样子。我问他是不是阿荣跟老人有什么关系，比如父子之类的。舍友说，这个绝对不可能，因为阿荣来自广州，老教授是济南人，根本八竿子打不着，但是据说阿荣曾经的经历跟他有点关系。我看舍友不像杜撰，就让他把全部告诉我。

　　舍友说阿荣生在一个非常幸福的家庭，有次父亲深夜驾车载母亲去机场候他，半路大雨磅礴，大概是父亲走神了，总之车祸发生时，他才意识到老婆的脑袋不住地流血。到了医院父亲就昏倒了，醒来后已经是第三天，阿荣已经签下母亲遗体捐献的手续。父亲接受不了事实，暴躁得像只狮子冲上去打了阿荣耳光，而后就精神时好时坏。好的时候一言不发，按时给阿荣零花钱，一旦精神失常，就暴跳如雷，抓着阿荣暴打。有时阿荣被打急就还手，父子俩谁也不让谁，就互殴起来，十分尴尬而悲哀。也是在那一年，阿荣的性情大变，他开始喜欢翘课出去和不三不四的人鬼混，整夜不回家。后来父亲突然消失，阿荣找了几天几夜，还报了警却毫无音信。有人告诉阿荣说曾经看见过他的老爸，从大桥上跳进水里，被江水冲走了。阿荣就开始自己边打工边赚钱读书。也许是命该如此，他虽然吊儿郎当，却稳稳地考上了名牌大学。后来听说念书期间阿荣一直不死心，还一直在寻找父亲……

　　他现在对老教授格外照顾，我猜是那位实验失败的老教授会让他想起父亲，所以才会抽时间不顾他人眼光和他待在一起。朋友推测完毕，轻蔑一笑说，这个人谎话太多，这些都是听他以前交往的姑娘口中得知的，具体无从考证，总之，这样的人挺烂的，你还是少接触为好。

我愣在那里，望着阿荣逗老教授笑得前仰后合，想着阿荣未必是不值得交往的人，起码他有很多人根本没有的孝心和爱心。

虽然我对阿荣抱有好感，但还是挡不住大家对他的排斥。因为那段时间阿荣开始频繁出现在宿舍，继续以前那种吊儿郎当的生活，完全不顾大家的感受。但我记得每次回来他都会给大家带来味道不错的食物吃。大家对于吃的照单全收，可是吃完还是照样指指点点，毫不留情。

有天晚上，阿荣躺在我上铺，翻来覆去一点要睡的意思也没有。我困意绵绵眼皮打架。他突然探出脑袋问我说，你小时候有没有想过成为动感超人，还会发动感光波的那种？如果有的话，要是有天梦想成真了，却发现真实的超人身材像走形的蟾蜍一样，你说人会不会沮丧到哭然后放弃维护世界和平？

我被他的问题懵住了，一时间难以严肃思考。坦白地说，我实在无法将那个冷峻形象的他和现实中归类到一起，既觉得他有点白痴，又觉得有点可爱。总之，那一晚，我们聊到很晚，对他之前的印象慢慢地淡化。但我的认识根本与大家背道而驰，他们对阿荣的憎恶非但没有改观，而是与日俱增，决定要出手搞他一下。他们认为英雄难过美人关，阿荣不是英雄，就更过不去了，于是就采用了美人计。

美人计的美人是一位黑人姑娘。不知道是哪个国家的，来中国留学，说了一口流利的汉语，长相在我们看来是性感的，他们自己的眼光看应该是黑色皮肤里的范冰冰。姑娘给自己起了中文名叫小华。这个小华可不得了，她的名声很大，有人说她喜欢跟本地人鬼混，一周交一个男友，技术一流。还有人说她喜欢同宿舍的韩国妹子，两人的关系不一般，经常有人见他们夜市动作暧昧。还有人说得更夸张，说她分明是间谍，来偷取情报，留学生不过是她隐藏的身份。这些传言跟阿荣的一样，无从考证。但这样的两人混在一起会有什么反应，大家很期待。于是选择学校里的一间小礼堂策划了舞会，给这两人一点颜色看看。

那场舞会我没能参加，据说很热闹，学校里各种舞蹈天才都去了。但还是被阿荣抢占了风头。他的探戈不知道从哪里学来的，花样百出，全场掌声不断，礼堂里的妹子的目光都被他吸引去了。当然还有人不服气，那就是黑人小华，她觉得这男孩子太嚣张，就提出和他飙舞。阿荣自然接受挑战。当节奏明朗的音乐响起，人群退后，留出礼堂的中央，两人滑步到聚光灯下。然后男士雅痞，脚步连转，衣展如莲花，影过如旋风；女士娇媚，臂张如鸿鹄，柔美其表，实则力蕴其中。瞬间吸引了众人的眼球，隆隆的掌声此起彼伏。

很多人感慨这是近几年来，在学校里看过最精彩的表演。

舞会结束后，大家阴谋得逞，阿荣果然约黑人小华出去开房。有人私下里下赌注说这次阿荣一定是被黑人妹子伤得连他妈都不敢认。也有人买阿荣赢，说黑人妹子跳舞时看阿荣的眼神很不一样。她大概先动了情，说不定过几月就抱着孩子去宿舍找阿荣算账。总之流言从那一晚又铺天盖地地蔓延了，大家满怀期待地等待阿荣狼狈不堪地求饶的样子。

然而事情的发展出乎所有人的预料。那天晚上阿荣和黑人小华并没有去开房，但他们的确在一起耗了一整夜，地点意外的是 24 小时的快餐店。说来也奇怪，二人都是那种暴躁的脾气，却并没有针尖对麦芒，用阿荣后来的话说，大概是彼此欣赏，遇见了知己。

阿荣问黑人小华毕业以后干什么。黑人小华想了想说，不敢去想未来，她是一个没有未来的人，活好现在已经是心满意足的事情了。阿荣觉得她说话太文艺，根本没把他当朋友，就继续追问她，难道你不想自己的家？不想爸爸妈妈？没有想过未来是做一名翻译或学好了医术（小华读的是药学专业）回去救死扶伤？小华强调并没有跟阿荣开玩笑，她的确是一个没有未来的人，现在做的一切都是为了让目前更好。

其实小华并没有说谎，这是天快亮时黑人小华告诉阿荣的。这件事她从来没有跟任何人提及。但不知道为什么，他看到阿荣的眸子那一瞬间，就想将所有的经历向他和盘托出。

原来小华并非叫小华，她原名叫瑞玛奥，出生在北非的一个国家。瑞玛奥家族显赫，父母都是那种贵族出身的背景，她从小就被捧为公主，生活得无忧无虑。后来在瑞玛奥十六岁时家庭出了一些小状况。大概父亲被接受调查，和恐怖组织有关系，有人曾亲眼看到他送那些被世界通缉的恐怖分子上飞机。但这些都是传言，具体的证据却没有人能够提供。这件事后，瑞玛奥的家庭发生了一些变故，先是频繁地搬家，而后是父亲经常被一些人带走，过几天才十分疲惫地回来。但这些日子并不是很长，没过多久，家庭又恢复了以前的安宁。

但没有人预料之后的厄运将会那么快发生。瑞玛奥的父母被枪杀的消息是第二天新闻上登出来的。而后有人将尸体运了回来，然后不等瑞玛奥弄清楚这一切到底是怎么了，战乱一触即发，前天还人声鼎沸的建筑次日就在眼前化为一片废墟。太平盛世一夜之间销声匿迹。瑞玛奥被父亲的一个警卫兵辗转带走，连夜乘船，一个接一个的陌生城市的短暂停留。后来警卫兵给了她一些钱，将她安排给一个熟人照顾。熟人将瑞玛奥送到了中国，最后留下一笔钱就走了。

那些日子瑞玛奥天天失眠。她想念死去的爸爸妈妈，想念没有音信的小弟，却无能为力。他不敢回自己的国家，因为不知道情况。来中国的第二年，有次瑞玛奥终于打通了一个熟人的电话。那人沉默许久，告诉她说，当年她的父母是被亲信出卖，而后被人在电影院枪杀，瑞玛奥还想追问细节，那人挂掉了电话，从此再也联系不上。

阿荣听完小华的讲述问她现在有没有小弟的消息，也许他会被熟人救走，像当初的她一样。

小华摇摇头说她不敢肯定，但她很多次在梦里会看到弟弟，她相信上帝一定会保佑他。她一定会找到弟弟。

那天之后，阿荣受了小华故事的影响。他改变了以前的生活方式，跟以前的狐朋狗友彻底说了拜拜。有人看到他每天晚上和黑人小华一起去自习念书，还教小华中文。两个人在一起的亲热劲儿，大有相见恨晚的意思。开始大家很不爽，这不是变相帮了阿荣这小子嘛，与初衷不和啊。但后来发生了一件事，让大家彻底改变了看法，原来阿荣这次是认真的。

那次阿荣正在学校澡堂洗澡，我听人说黑人小华在留学生宿舍门口哭，觉得不妙，就跑到澡堂告诉了阿荣。当时阿荣正哼唱着歌儿淋浴，听完三下五除二地擦去身上的水，急匆匆地赶了过去。

当时小华还在留学生宿舍门口哭，很多外国留学生在旁边交头接耳。阿荣问小华怎么了，她只是哭根本不回答，急得阿荣团团转。无奈之下，阿荣只好找小华宿舍的那个韩国姑娘打听。韩国姑娘将他拉到一个僻静的角落，然后指着二楼中间的宿舍说，看见没，那里有个美洲的小伙子，他听说小华的大名，就骗她参加一个留学生的活动。小华去之后就被灌了一些酒水，后来听说那人将小华骗进旅店想要睡她，结果小华醒来，朝他裆部踹了一脚后，挣扎着跑出来。小华还在犹豫要不要到学生处告那个混蛋，结果那混蛋竟然恶人先告状，反咬小华一口，说她勾引他，还给他酒里下药，要让学校开除这个名声烂掉的婊子。

阿荣听完火冒三丈，一口气跑回宿舍，抓起那根一米多长的钢棍，就冲到留学生宿舍跟那混蛋拼命。最后被人拉下。学校很快得知这件事，给了阿荣警告处分，而对于小华和那家伙的处理也是一番简单的教育而已，因为事情的真伪没有人说得清。

　　那天晚上，阿荣就在旁边陪着小华。小华就一直哭，哭了很久才停下来。然后阿荣劝小华就当是踩了一泡牛屎，不要介意，以后我会为你遮风挡雨。小华不懂得踩了一泡牛屎是什么意思，就一直追问，反而逗笑了阿荣。看阿荣笑了，小华才说出那天痛哭的真相并非是那混蛋的欺负，而是另有隐情。

　　原来时隔五年，小华意外地联系上了当初救她出国的熟人。那人简单地交代了彼此的状况，就说到了弟弟。熟人告诉小华说弟弟找到了。小华当即心头一喜，正要问弟弟在哪儿，那人却打断说太晚了，两年前如果一切顺利，小华就能见到弟弟了，但偏偏在轮船上出了事。那天弟弟在甲板上看夜色，被冲出来的水手抱着跳进了水里，一开始保护弟弟出国的人判断可能是劫持，但后来弟弟和水手的尸体被人打捞扔在沙滩时，才知道原来那帮组织一直没有停止报复……

　　阿荣跟黑人小华正式交往后，请了宿舍一帮人胡吃海喝几顿。在酒席上阿荣敞开心扉和大家称兄道弟，几年的误会瞬间烟消云散。我感慨原来人世间并没有什么真正的误会，有的话，只不过不愿意真正了解。但说实话，那一刻，我们是了解阿荣的，他说他会越来越好，我们相信。他说他将来会发大财，我们相信。他说今后一定要让小华过上以前的好日子，我们相信。大家问小华，小华笑得露出一排白色牙齿说，我要陪阿荣找到父亲……我们眼泪汪汪。

12

〉〉〉

我拿着登机牌，想家，我成了练习生，想你

常年居住国外的人，说着蹩脚的外语，睁眼闭眼都是花哨的外国文化，不免生出不痛不痒的唏嘘来。这唏嘘有时一通电话的唠叨，就是思乡情的浓重，有时有色眼镜的一瞥，就是安全感的缺失。

这其中有个分界，敏感的人说，以前走了太远的路叫眼界，后来回不到原来的路叫眼泪。理性的人回答得干净利索，他们称之为格局的升级，体验的质变，能量的跃迁，用一句时髦的话说，变得洋气了。

但我朋友陈抱一给的解释最有意思，他说，嘴变馋了，厨艺大涨了，防忽悠角色转换了。

在这件事上，我是个不曾移民的作家，没有资格谈论，在这里我只要说说我的朋友陈抱一。他痞里痞气地走过来，做了个当年崔健演唱会跟歌迷致敬的手势，风流不羁，性情乖张，这些都是他能在韩国首尔的明洞大街被星探发现的先天条件。

那一年，抱一刚满25周岁，师大本科文凭，非单身，得过国内某嘻哈比赛大奖，热情，冷静，记事起就没流过眼泪。

但那一次他有热情但没冷静，差点留下一行泪。星探给了他一周的思考时间，要他给答复。抱一当时就应了下来。后来他想了想觉得太冲动，但又受不了那种鲜花、掌声、奖杯、光环的诱惑，很想在娱乐圈里掺和掺和，不求爆红，但求参与。

抱一进入的韩国某艺人打造机构，学时五年，费用均摊，能不能成为明星不给承诺，但有个词却从进入这个机构起就如影随形——玩命。

机构训练了半年，抱一十分努力，大概是形象不错，又有眼力见儿，在别人看来困难的训练他一点就通，很快就受到了总监的赏识，认为这孩子将来必然在娱乐圈有一席之地。可是抱一天生性子野，又敏感，以前生活随性，他在当练习生期间，从来没有家庭观念的人，竟然说低头思故乡这是他目前最喜爱的古诗。抱一想家的方式，开始只是偶尔晃神，开开小差而已，后来发展成上课期间频繁打电话，情绪时好时坏，严重影响了训练的效果。总监问他是不是最近训练太辛苦。抱一说有点想家，可不可以回家一次。总监很欣赏这孩子，希望按照他的计划发展，会事半功倍，就放他回家休假一段时日。

回到北京的抱一，开始疯狂地会友，吃喝玩乐，最重要的是去约会他那个小巧的女友。当初去韩国深造，最大的反对者就是这个"90后"的小女友。女友认为异地恋是爱情头号杀手，更何况，抱一是那种深情却不专一的男孩子，在她之前，抱一的女友差不多可以形成一个排。这样的男孩子虽然跟小女友订过婚，也说过发自肺腑的山盟海誓的承诺，但崩盘的概率依然大到女友殚精竭虑。毕竟只有她懂得，抱一条件好，又肯吃苦，未来这条路对他意味着什么。

送抱一登机的那天，小女友一路上笑颜逐开，嘴里说着没事，你走吧，我为你守身如玉，就是京城四少联合追她她也不动心，可是到了快要登机的前半小时，小女友脸色就变了。她眼泪汪汪地说，你在那边照顾好自己，记得吃早餐，不要熬夜，国外不比国内，出个事儿什么的，你爸妈还有我，都不在身边，没人帮你摆平，还要记得给我写信息，不许招外国的女孩子……后面的话太多，以至于抱一有点厌烦，觉得女友真啰唆，搞得像生离死别。但女友继续问下去，她问，该带的物品带齐了吗？抱一点头，女友问跟训练班取得联系了吧？抱一点头，女友问，粮草也充足吧？抱一点头。

女友迟疑片刻，又问，如果有一天你红了，红得像刘德华一样，不会嫌弃我吧？

问这话的时候，女友的那种眼神很奇怪，眼圈红红的，眸子里是恐慌、担忧，还有丝丝的期待。

抱一叹口气说，这句话，你都问好多遍了，那刘德华不是没辜负朱丽倩吗？但他说这话有点心虚，未来的事情谁能猜得到呢。他深深地记得，刚进去机构的第一天，总监就说了一句话，如果想要保护你的明天和亲人，请将开启你私生活的钥匙扔进大海。

抱一没办法将私生活扔进大海，只能选择谎言自欺欺人。或者说以后的事情以后打算，再说了，现在不是还没红对不对？

登机了，抱一拿着登机牌坐上自己的座位，看飞机缓慢滑行，快速起升，然后跃入云层，突然感到耳边除了飞机的轰鸣声，太安静了。他闭上眼睛，还是有点胡思乱想的冲动，他下意识地摸摸右边的座位，以为那里会有清脆而亲切的声音传来：亲爱的，怎么了，是不是冷了，我给你要毛毯来……那是他以前和女友去旅行时，常常能听到的声音。

但是这一次的声音很陌生，是个友善的外国人。老外说，Sir, do you need any help？抱一赶紧收回尴尬的手，僵硬地笑笑。那一刻，抱一的心头疼了下，有种小时候爸妈给了玩具，然后转身将家里的门重重关上的失落感。

抱一摸出手机，想要跟女友打个电话，或者给妈妈拨一个，反正是个熟悉的人都可以。但很遗憾的是，在登机那一刻，乘客的手机都被要求调成飞行模式。真是让人哭笑不得的时刻。

抱一叹口气，想着过几个小时就抵达了那个他喜欢的国度，那里曾是他如此向往的，有聚光灯和尖叫声，还有出人头地的璀璨和憧憬，为什么这一刻，他心中升起深深的忧虑和孤独，有种想要落泪的冲动？他骂了自己一声，然后将耳麦塞进耳朵，里面传来陈奕迅的声音：难离难舍想抱紧些，茫茫人生好像荒野，如孩儿能伏于爸爸的肩膊，谁要下车，难离难舍总有一些，常情如此不可堆卸，任世间再冷酷，想起这单车还有幸福可借……

竟然有人将父爱写得那么伟大。抱一心说，我跟那个叫爹的男人的对话不过是，爸，我没钱了，给我打点吧……爸，我妈去搓麻将了，你自己随便对付点……爸，你别管我了，我都长大了……爸，额，算了，没事……抱一几乎可以记得住所有跟这个老男人的对话，却从来没觉得有爱过这样的存在的人。

但奇怪的是，此时此刻，他特别想知道，这个几乎要秃顶的老男人，会不会记得老妈将热好的饭菜放进那口保温锅里，还有，他最近感冒了，好像咳嗽多一些……想到这里，抱一笑了，笑着笑着突然用帽檐压住额头。我才不要哭呢。

后来抱一回来的次数并不多，但每次回来我们都要聚会。听他讲那些不为认知的韩国明星的故事，不知道故事真假，但听他讲起来，好像能满足那种八卦的心理。大概是他身上越来越厚的明星的光环，只要有年轻的读者向我咨询说他们该不该出国，出国后会有什么样的明天，会不会变成另外一个人，我就会拿出抱一的故事讲给他们听。

我没办法讲给他们听抱一后来的经历，最喜欢讲的差不多就是他刚刚出国的前两年，俏皮而有韵味，但其实我知道他后面的故事可能是值得一听的。

是的，2015 年，在北京的某个酒店，我又见到了阔别已久的抱一。他告诉我他签约了韩国的某公司，之前也签过一家公司，在录制一个唱片时跟制作人意见不合打了起来，解了约，后来就签了这家公司。他告诉我，这家公司待遇很好，会加倍包装他，给他出唱片，演戏，提供参加综艺的机会，但有个条件就是除了自己的本领忘记曾有的一切，包括女友，甚至亲人。

这样的条件，当时急于出名的抱一挣扎了很久，根本拒绝不了圈子里功名的诱惑，就打算签下合约。

说这话的时候，抱一眼圈红了，以前很少看他有伤感的情绪，但感觉短短的几年，有很多东西从他身上慢慢地消失了。他沉重地叹气，我突然不知道应该是安慰他，还是斥责他。抱一告诉我，正式签约之前，他曾经回国一次，他说了日期，我想了下，那段时间我好像正在一个剧组改剧本。

抱一告诉了我之后的故事。

抱一回去之后，把签约的事情跟父母说了。母亲满口答应，说花了那么多钱，这样的好条件，只要能成才，都是值得的。只是父亲沉默片刻说，你自己的事情你自己决定吧，我只是想提醒你，在做决定之前，要想想是不是真的适合自己，还有，真的是自己愿意的吗？抱一当时根本听不进去任何人的话，马上斩钉截铁地说，I am glad very much！

父母这一关当然是好过的，只是女友这一关。他去了韩国的日子，她一直在等他，现在把这样的决定告诉她，小女友的反应是正常的。她打了他一个耳光。她想要骂他混蛋，可是张开口，只是颤抖地说，我再也不要相信你了。自那一刻，"相信"二字第一次占据抱一的内心。

是的，从前他知道相信就是要说话算话，约定了就要走到最后。如今他理解它的含义，可能会是，他是一个坏人，以前他鄙视的那种人的存在，已经变成人设深深地烙在他虚伪的外表上。真是糟糕透了。

抱一走的那天，没有人来送他。母亲本来吵着嚷着要来，但最后只说了句，你爸昨晚发烧，现在输液，我照顾他走不开，你一个人小心。至于小女友，抱一心里清楚，她现在一定是在这座熟悉的城市的某个角落忙忙碌碌，这是她排解情绪常用的伎俩。

飞机起飞前一个小时，抱一已经早早地等候安检，就是怕看到别人道别时的场景，然而让他想不到的是，他拿着登机牌转过身挎包时，分明看到身后密集的人流中那熟悉的身影。没错，那就是他的小女友。她还是来了。那一刻，抱一觉得整个人都要崩溃了，但没办法，他忍住了。

抱一立在那里，就那样子久久地凝视着小女友，大概是马上要登机了，小女友怕误了他的时间，或者说她可能无法抑制住想要哭的冲动，总之，她走掉了，像记忆中单薄的剪影，光线一晃，就消失了。

抱一就这样纠结地上了飞机。在机座上，他再也不能控制自己的情绪，号啕大哭。样子滑稽而惨烈。身边人都以为他遭受了什么重大打击，空姐送来了纸巾和娱乐图书以示安慰和同情。只有他自己清楚，他此刻一点也不矫情。他热爱这片土地和一个人，可是他回不去了。

故事到了这里就结束了。后来我跟抱一断了联系，只能偶尔看看以前的照片，想起过去在一起无所事事的时光。有人告诉我说抱一在韩国大热，成了他最想要成为的热门歌手。也有人跟我说，抱一后悔了，他拒绝了那家公司的邀约，回国发展，在一个电影的路演挽着小女友的手，笑得星光灿烂。

我每次跟别人谈起后面的故事，总会把第二个结局说出来，不是因为他足够圆满，而是我觉得那才是真实发生的事情。

13
>>>

与友书

初恋

我从来不知道幸福是什么样子，除了那一次你上楼梯突然回头递给我的情书。

你是我的幻想，一觉醒来的万物复苏，暮然回首的满城烟火。你是我的奢望，苦苦追寻的大雨磅礴，披荆斩棘的荒无人烟。

我演一出戏，你来了是喜剧，你去了是悲剧，我以为你是导演，后来才知道我不过是道具。

时间带走了一切，写信，备考，酒醉，不眠，散场，唯独没有带走那个时候的你，这么多年，你与时间共进退，随时袭击我孤独的内心堡垒。

我说我喜欢你，不是你有明亮的笑容，动人的声线，温柔的性情，而是除此之外，你的笑容点燃我的笑容，你的声线拨动我的声线，你的性情溶解我的性情。我说我喜欢你，因为你让我活得更像自己。那个更好的自己。

努力

我享受那个自私的自己，我骄傲那个跋扈的自己，我迷恋那个孤单的自己，我爱戴那个疯狂的自己，唯独我鄙夷那个努力的自己，因为它经常给我开玩笑，痛到死后，给我一颗意外的糖。

他们说生活是战场，只能进不能退，我不是害怕倒退，只是担心面对那个惨不忍睹的自己。

他们说外面下雨了，明天再去吧，于是你放下了雨伞。他们说今夜无眠了，咱们喝酒吧，于是你丢下了孤单。他们说前方太累了，慢慢来吧，于是你舍弃了方向。你看，原来你这么轻易就活成了别人以为的样子。

我想告诉失败，我一直等待他，看他今天敢不敢来。我想告诉成功，我想要远离他，看他会不会怄气走开。一直以为成败在此一举，原来成败在于那一口气。

我要拼尽全力给你看，我要拥有鲜花、车马、美食和名望，后来我终于鲜花簇拥，白马雕车，锦衣玉食和扬名立万，但最心动的还是拼尽全力给你看的那一刻。

错过

以前我总想要拿无数支烟，换取你灿烂的未来，后来我才发现那灿烂的未来不过是你为我捻灭烟头的那一瞬间。

我满怀赤诚写下的情书，我花尽积蓄买来的衣裳，我才华迸发吟唱的歌词，我细心装裱好的双人相册，原来都不珍贵，珍贵的是你和我互相嫌弃浪费的那个无聊的上午。

错过的人不会再重来，如果可以，又怎么逃得掉，化得开，前头那重重的一个错字。

人生很漫长，有时不过是错过，过错，这样子不断的交织，一旦是对过，过对，马上很短暂。

有没有一班像地铁一样的爱情，搭错了车还可以坐相反的列车回去找你，然后与你说，我从无数的站点经过，却只想和你在终点下车。

坚强

他还会回来吗？回来后我还会爱他吗？这样的问题，就像你以为热爱一样美食，当你吃饱了，才发现胃口大于味觉，一切都是生理惹的祸。

所有坚强的人，都是软弱的化身，下凡到人间，告诉你普度众生的真谛，取决内心。

总有一种痛像剪刀，总有一种恨像钉子，总有一种爱像铁链，总有一种仇像拉锯，但总有一种坚强叫作工具箱，包裹所有的情绪，构成我们人生的修理工。

我一直保护那个卑微的自己，直到你走进我的世界，那么，我愿意丢掉那个卑微的自己，用坚强盛装我世界的川流不息，但我决口不说我爱你，因为那还是个卑微的自己。

跌倒了，不可怕，因为你还会跌倒，甚至还会跌进尘埃，从此无力反身，所以，跌倒一点都不可怕。

成熟

当你感到自己成熟的时候，才发现这世界上好像每个人都比你成熟，当你感到自己幼稚的时候，又发现这世界每个人仍旧都比你成熟。既然成熟和幼稚都没有用，那就不如做自己，此乃真成熟。

没差别，我们都这样，在最绝情的时代里，遇见最煽情的自己；在最热情的年岁里，遇见最绝情的自己。

以前没能力，却想要对你好，被你微笑，然后拥抱。后来有能力，却没机会对你好，被你嘲笑，然后扔掉。原来爱情最珍贵的不是你做了多少，而是对方需要多少，从来不由人。

有时我们那么努力往前追赶，不是有机会赶上列车里载着的那个未来自己，而是想要看一看列车里那个曾经面庞清秀的你。

什么是长大？就是长着，长着，什么都大了，心大了，胃口大了，连爱情都大了，大到无数句我爱你也抵不上当年心底里的那一丝涟漪。

难过

不敢哭的原因，不是越哭越难受，而是知道哭完之后没有眼泪做替代，会更难受。

难过是因为不舍得，是不甘心，是想要重来，其实难过只是一个过程，沉默后的热烈，疼痛后的愈合，失去后的翻牌，涅槃重生后的回归自我。

抓得越紧，失去得越迅疾，难过得越彻底，失去得越迅疾，想得越美好，失去得越迅疾，原来心情才是失去的始作俑者，那，不如不喜不悲不痛不痒不来不去，干脆决绝地过一生，这样最好。

你说，别去哭了，她哭得更凶了。你说，别去想了，他想得更烈了。你说，别去说了，他说得更绝了。你说来，我抱一下，他扑进你的怀里，安详得像个婴儿。你说走，我们去吃，他端起饭碗，吃得像一只小动物。原来，很多痛苦的解药不过是一顿饭，一个拥抱而已。

痛苦过后，要么孕育着更大的痛苦，要么滋生着更好的新生，但，那都不是常态。常态是，我从来没想过幸福是一件值得庆幸的事情。

孤单

孤单的时候，才发现电视丰盛，八卦充盈，烂歌动听，损友有用，可是孤单就是孤单，那是稍纵即逝的自我，那是满城喧哗的寂静。

我以为我是爱你，其实我是怕孤单，到底孤单和爱有什么区别？是孤单了才去爱，还是因为爱才孤单，这没有答案，因为孤单和爱就是一回事。

我以为天空下雨了，我不开心了。我以为街道拥堵了，我难过了。我以为窗台花枯萎了，我失落了。我以为冰箱里的酒喝完了，我无助了。其实一点也不是，我只是有一点孤单，而这孤单的理由，统统关于你。

他说，存钱存够了，可是新娘没出现。他说，拖鞋还在呢，可是女友没回来再穿。他说那家面店的味道还是那样，可是却吃得很潦草。他说删掉了歌单，可是满大街都在播。他说我再也不爱她了，为什么每句话的前面，都不自觉地加了可是。

失去的含义是，你终于学会失眠了；珍惜的含义是，你终于学会早睡了。

14

>>>

咬一口断魂椒，流一次青春泪

（一）

个性决定命运，食材决定性格。

爱吃甜的人，咬一口提拉米苏，就觉得失恋是人类进步的阶梯，落榜是人生腾达的序言。生活通篇可以开朗幽默。但一遇到蹦极和投资这样的挑战和冒险，马上逃之夭夭。

爱吃咸的人，咬着韭菜盒子，就着腌制雪里红，计划表一拉到后年年底，喝到神魂颠倒一把按下霸王合约的手印。这样的人稳如泰山却对肝胆相照一窍不通。擅长的是人走茶凉的敷衍塞责：喂喂喂,我信号不好,再联系呢。

爱吃酸的人遇见老鸭粉丝汤欢天喜地。这样的人捯饬小玩意儿经营小店铺是张无忌绵掌修炼大挪移,牛顿脑袋接苹果,信手拈来。但,一旦褪去西服,摘掉领带,宽阔的房子从此住得下野心却也装满了孤独,大有人生何处不凄凉的卑微。

而在味觉的时代,爱吃辣的人几乎囊括以上所有性格特征。

被人劈腿,走,去吃海底捞,要超辣锅底。

被人炒鱿鱼,老板,来20串变态烤翅,不变态不要啊。

被人求爱强吻,一个耳光抽过去,混蛋,能不能吃辣,能吃辣的话,麻利儿地赶紧订酒店准备生猴子啊……

吃辣的人难过时不忘睿智,抉择时留有主见,完美中缀些惊喜,冒险时不忘浪漫……自从人生有了味觉,幸福的剪影都是吃辣时的大汗淋漓。每一种失望的表情,在回味那舌头火辣的瞬间,回忆都转变为治愈系的胶片。

我是一个爱吃辣的人。炒葱花鸡蛋放点辣,吃清汤面条加点辣,舀一勺饺子不忘拌点辣……连吃米饭满满一桌子菜,也要因个人喜好地拧开老干妈将辣酱涂得淡淡一层才够味。仿佛不吃辣就不足够喂饱胃袋。明明吃得打嗝,如果少了一道辣,整个人就觉得这顿饭像看完了一部独立电影之后,被告知关键的情节都被剪掉了。

（二）

少年时代，读书太卖力，除了眼镜度数飙升，肚子也会随着铃声响起咕咕叫个不停。

这时候，我需要一块烧饼。当然除了烧饼，还要掰开烧饼夹上一袋变态辣的辣条。即使辣条的生产方式被父母教导说是垃圾食品的根源，吃多了人会变笨，但却成了每天中午下课必备的粮草。

铃声一响，学生像涌出的鱼一样蔓延在校园里。小卖部像一张网，团团地围住五颜六色，迅速扎紧网口。

我一摸口袋，发现空空如也，这时候我就暂时忍住饥饿给我的同桌讲故事或咿咿呀呀地给她唱情歌。卖艺的唯一收成是，她跑出去买烧饼夹辣条。大概我找到了窍门，不愿意再出去自己买烧饼，就每天编出各种故事讲给同桌听，她听完就心满意足地给我买烧饼。

我以为这样的日子的期限将会是电视里紫薇的台词一样：山崩地裂，海枯石烂。只要故事不穷尽，烧饼也会应有尽有。

没想到，很快，她跑进跑出的身影在那次她零钱告罄而宣告结束。

同桌无法继续履行职责却依然贪心地要求我讲故事。故事收尾而粮草皆无，这让我有种被人骗得团团转的暴怒。终于，在那个饥饿的中午，我大骂了她一场，从此她不再听我讲故事。自然，以后那个下课跑进跑出的将火辣填满肚子的角色变成了自己。

没过多久，消失的除了那课下的烧饼夹辣条，还有同桌。

她化疗前，买下当地各种各样的辣条塞满我的抽屉。

她说，其实我讲的故事一点也不好听，她喜欢的是看我狼吐虎咽吃东西的样子，那是她最大的幸福。

我有点搞不懂她的意思。

后来在她进手术室的晚上，她打来电话哽咽地向我说喜欢你，能不能再给她讲一个故事来听……

自那以后，我吃过很多辣，却唯独同桌给我的那一种辣消失了。我忍住眼泪，拼命地寻找，吃遍各种各样的辣条，一直吃到身体发出危险的信号，终于号啕大哭，宣告放弃。

我明白了，原来喜欢一个人，会愿意变成他热爱的辣，用尽所有的热量温暖他整个人生。可是，如果能回头，我愿意按住你起身出门的肩头，告诉你，来，还有一个故事没给你讲，它叫我也喜欢你。

（三）

告别了辣条，我以为我深爱的辣只能停留在那沙县小吃的辣酱的抚慰，没想到，几年后我的世界又多了一种美味，迅速霸占我的味觉，它，姓火，名锅。

读大学时，有一年冬至大雪纷飞，朋友失恋，明明和男友说好一下雪就去坐摩天轮看雪花给城市套上婚纱，却收到一封比雪花还惨白的讯息：合不来的，分吧。

朋友是爱吃辣的人，七年的感情她不想流一滴泪，却决定痛痛快快地辣一场，辣到极致人就能转运了。红红火火嘛，朋友是四川人，据说这是当地的传统。

同样是爱吃辣的人，我自然被挑选为一同发泄的对象。

我在宿舍披着被子打星际，被朋友唤到她和前任的出租房去吃正宗的火锅。

我趿拉着棉拖，踩着咯吱咯吱的雪花，到了朋友的家里，两片眼镜已经被房间内的热气给模糊了。

我擦擦眼镜，刚要打开话匣灌输给失恋的心灵鸡汤，就被朋友堵住嘴，勒令去洗辣椒。

满满的一竹筐的朝天椒被我揉搓挤拉，一口气洗完。

那次不知道朋友在那锅大杂烩的火锅里放了多少辣椒，就知道当我吃到第一口虾子时，顿时一股热浪袭来，张大嘴巴大叫一声，屁股就要熊熊燃烧起来。

那一天，我们不断地吃，不断地往对方的杯子里加啤酒。窗外的雪花从黄昏一直下到深夜，无声无息。

那场火锅是我吃过的最漫长的一次，也是唯一一次见识到了极品的辣。那次过后，从此觉得过往失望的情绪一扫而空，留给未来的味道就是热烈和清醒。

朋友说，辣椒是男生从老家带来的，计划吃到大学毕业，今天被我们吃去了一大半。

我说，没关系，吃掉就不再回忆了，就是啤酒太凉了，明天考高数，希望不要拉肚子。

朋友说，他留给我一个冰冷的结果，也留给我一筐火热的开始，希望过了今天的 12 月 22 日，从此人生像这锅汤一样。

我想接话，朋友抽了纸巾去擦眼睛，她没有哽咽，所以我不知道她是哭了还是被食物辣到眼睛。

朋友和我吃完火锅，第二天就退了房子，从此杳无音讯。

我找过她几次，总是落空，按说学校不大，定位到具体院系和专业，找一个人并非难事，却从此成了陌路人。

几年后，我毕业，听说朋友回老家开了一家火锅店，味道不错，却没有时间领教。

她寄给我一箱各地有名的火锅料，外加一张当年我吃火锅大汗淋漓狼狈样的照片。

辣才是我们最好的朋友，可以丢失一个冰冷的现在，但不要怀疑更加火热的未来。慢慢吃，别上火 —— 朋友在那张照片背面给我留言。我叹口气，觉得照片太丑，想压在一摞书下，却觉得那样仓促的画面，如今用多少美图软件也修不出那时的青春，就用相框夹住，悬挂在了书架的中央。

（四）

报纸上说世界上最辣的辣椒叫作断魂椒，最辣的名为"娜迦毒蛇"，辣度为 1359000 斯科维尔单位，如果有机会，我要尝试一下。

相比第二杯半价，我更喜欢那则广告：只要吃掉三个断魂椒，以后带姑娘来吃饭，统统免费。

所以，当你看到我咬了一口断魂椒号啕大哭时，一定不要认为那流出的是舌尖触碰到火热后的痛苦，而是一行行有关青春的眼泪。

15

我什么都不要，只想和你简简单单地去旅行结婚

现如今，科技让恋爱变得简单，婚姻却依然麻烦。

年轻时，总觉得自己足够成熟，可偏偏恋爱分手的原因大多跟单纯有关。

长大后，总想着自己必须单纯，可偏偏恋爱形成的条件必须要足够成熟。

所以，人才会在婚姻中念叨单身，在单身中追寻婚姻。

在这个问题上，我的朋友荷生还是蛮不一样的。他年轻时错过分手环节，长大后又叩开成熟大门，活脱脱的一个鲜肉少年向女友求婚的美好戏码即将上演。

但事实证明，"美好"二字仅仅是我自以为是而已。

结婚前，荷生问女友：我家付首付，你家装修吧？

女友：你家彩礼按原计划一毛不少吧？

荷生：结婚后你不会想当家庭主妇吧？

女友：结婚后你不会偷偷给你爸妈钱吧？

荷生：婚礼那天，你家能有多少份子？

女友：婚礼那天，你家请的车队能堵得住街区主干道吗？

……

看起来十分俏皮的问答，细致算来都是一道道几乎没有答案的难题。

结婚这件事，富的认为穷的咄咄逼人，穷的认为富的一毛不拔，浪漫的觉得誓言不够热烈，传统的认为热闹不足以振聋发聩。本来好好的一场以爱情名义而操办的盛事，顿时变成一场你死我亡的法庭角逐。

那几天，荷生几乎天天敲我的门，有时候抱来一箱威士忌和我痛饮到天色泛白，有时候醉醺醺地一头扎在我的沙发上睡到日暮西斜。说的话都是一连串的老套台词：她根本不爱我，天天怀疑我有私房钱……她现在变得很敏感，分手成了她的口头禅……她认为婚礼不热闹，我决定花光所有积蓄让她成为最亮眼的新娘，可是她说我不懂她……她把行李搬走了，连招呼都不打，说她想静静……

最后荷生眼泪汪汪地哽咽道："这么多年，我们一直在一起，她从没想过我一个人在那个房子里怎么过。"

他的唠叨太多，只有态度，没有观点，说来说去我找不到他问题的根源。

而他又不想解决，生硬地耗着，完全不考虑我的单身宿舍已然成为他失恋后的发泄地。

但发泄归发泄，我认为荷生是爱女友的。最起码他从来没想过再去找别人。每天都会看很多遍女友的朋友圈的动态，然后熄灯睡觉呼喊女友的名字。至于女友，以我对她的了解，一个从高中时代就未曾想过别的温存的女孩子，不管这段感情多么的不堪一击，她也不会轻易选择放弃。

可是感情走到这一步，我有些抓狂，但显然我的抓狂根本就是多此一举，我慢慢得知：荷生早就给一套公寓付了首付，而女方的父母早已给装修公司签了合约。对于彩礼，女友则是极力说服过父母放弃。工作更简单，荷生一开始就想要女友为自己喜欢的一切而活，坚决不为不喜欢的东西浪费一秒生命。至于最后的婚礼，双方的父母早就细致到要准备多少根牙签这样的事宜，他们要做的是把男女主角的戏码演好就万事大吉了。

所以，你看，问题根本不是出在了千篇一律的婚姻门槛上，而是他们万里挑一的敏感中。

我希望你能够多体贴我一些，哪怕只是一句受累了，它会让我安眠。

我希望你能够多相信我一些，哪怕只是怕打下肩膀，它会让我好过。

可是当期待变成索取，索取变成要求，要求变成责备，责备变成战争，战争沦为沉默，那么这样一场爱情最终会沦为一声叹息。

明明很爱你，结婚证算什么，它无法证明我在内心为你写下的爱情条约。

明明在乎你，交杯酒算什么，它无法点燃我在灵魂为你燃烧的爱情火花。

所以，婚礼招不来矛盾，猜疑打不垮荷生和他的爱人。

一个月后，消失的荷生突然发来他和女友在毛里求斯的激吻照片。

火爆，甜蜜，诱人，幸福，温暖……搭上舞台和音乐，差不多就成了一部动人的偶像剧。而在这场偶像剧里，他们选择了旅行结婚的故事核心。

荷生说，不管发生什么，我都喜欢她，而一旦真的发生什么，我才知道我爱她。所以，我不能失去她，我将我们的爱情捡了回来。

而他的女友只说了一句话，其实我生气不是你所想的一切，而是所忘记的一切，还记得吗？那一年，你在郑大的研究生楼下答应我的，有生之年，给我一次轰轰烈烈的旅行结婚。时光能改变很多东西，但我不希望改变承诺，那承诺虽小，却是我心中莫大的幸福。

故事到了这里，没有翻转，没有狗血，甚至连一个暧昧对象从中挤眉弄眼也没有，却深深地感动了我。

有人唠叨，为婚礼吵架那一定是穷，为婚礼选择旅行解决，那一定是穷逼。

但婚礼是给别人参与的，幸福是给自己领衔的。

婚车多豪华，不能浪漫过当年你单车后座的自由。

祝福多响亮，无法美好过以前你窃窃私语的温柔。

鲜花多耀眼，不能芬芳过开始时你买给我的香水。

酒杯多密集，无法醉得过最初亲吻你额头的滋味。

这世界有多少用印刷机复印出的珠联璧合，我却唯独喜欢一字一画为你写下的情有独钟。

而关于荷生和她女友的故事并未结束，他们游遍了他们喜爱的国家，最终决定要办一场像样的婚礼。

我对他们仍旧不能免俗而感到痛心，但当我得知他们在爱尔兰举办了婚礼时，顿时心悦诚服。

在婚姻的问题上，爱尔兰则给全世界做了表率。

它无法保证你深深地爱着一个人，却给了彼此最野蛮而公正的束缚。

走得进这座庄严的婚礼殿堂，就别想再走出去。

法律章程写得清楚明了，像一段别致的情诗。

我能想象，荷生和他女友结婚时必须在教堂里许下承诺："无论贫穷富贵，只有死亡让我们分开……"，而后被无论何种原因都不准离婚的要求弄得精疲力竭，但就算是烦恼，那也是一种被缀上"甜蜜"二字的烦恼。

又过了一个月，荷生又打来了电话。

荷生说，完蛋了，陷进去了。

我说，挺好的，最起码以后不会跟民政局打交道了。

荷生说，有点不甘心呢。

我说，你在跟女友躲猫猫?

荷生说，别闹，我害怕的不是法律，法律不会为难人的情感，但法律会掠夺我的财产。

我不解。

荷生告诉我，与其他禁止离婚的国家不同，爱尔兰人以高度的智慧创造了一种兼顾传统和自由的婚姻制度。男女双方在结婚时，可以协商婚姻关系的期限，从 1 年到 100 年不等。期限届满后，若有继续生活的意愿，可以办理延期登记手续，否则婚姻关系自动解除。而办理结婚登记的费用，也因婚期的长短而不同，如果婚期为 1 年，需要 2000 英镑;如果婚期为 100 年，则仅仅只需要 0.5 英镑……

荷生像背经济学原理一样，将自己的崩溃和盘托出。

我打个哈欠，送他一句话，这绝对是 21 世纪最伟大的发明!

荷生有点落寞，自言自语地说，但愿我能不为婚礼这件事再多花一分钱。

荷生还想继续啰唆，我要打住，荷生求我让他说最后一句，我想按下挂机键，他说给我带格兰杰威士忌，我说继续啊。

在爱尔兰，婚期不同，结婚证书也是不一样的。

他和女友的是白色的，虽然看起来没有红色的鲜活，但闭上眼睛心中就能想起那四个字:白头到老。

那一晚，我做了梦，梦见我和我心爱的姑娘走进了婚姻的殿堂，最后我们选择旅行结婚，来到了爱尔兰……

我和姑娘面对面深情对视，等待着教父给我们最后的祝福。

教父说的话似乎荷生上次都说过，最后他终于问我婚期。

我说一……然后打了个喷嚏。

教父皱皱眉，将要把厚得如百科全书般的两大本结婚证书递给我。那里面逐条逐项列举了男女双方的各项权利和义务，可谓一部完善的家庭相处条例。

我拉拉衣领，一字一顿，严肃地说道："一辈子……"

教父微微笑，将两张明信片似的东西分别递给我和姑娘。

我满心期待地打开，上面字迹清晰："尊敬的先生、太太：我不知道我的左手对右手，右腿对左腿，左眼对右眼，右脑对左脑，究竟应该承担起怎样的责任和义务？其实他们本来就是一个整体，只因为彼此的存在而存在，因为彼此的快乐而快乐。"

这就是爱尔兰，那个一百年的约定……

我心里一阵暖，迫不及待地在那明信片新郎名单里写下两个字。

关于职场：

我不累，
我想要成为你讲的那种人

Chapter
Four

我的鲜肉时代

16

>>>

毫无代价带你进圈子的陌生人

有一年，我在一家微电影工作室工作。

这家工作室可了不得，导演、编剧、摄影到灯光道具等职位一应俱全。并且每个人都可以随意地转换角色，像随机应变的电动脚踏两用的自行车。

那时候，我刚毕业，生瓜蛋子进入这样的已经形成团队模式的集体有点吃不消。

我试着想要进入这个氛围浓郁的圈子，频频地示好。导演嚷着口渴，我递上咖啡。摄影没吃午餐，我打来宫保鸡丁饭。连前台忙着回家接孩子，我也会主动帮忙站岗，消除怨言。

　　我以为我的热心会换来这个团队的刮目相看。没想到咖啡喝完，导演仍旧把我的姓名叫作小刘或小张。宫保鸡丁饭吃一半，摄影师仍旧埋怨这家饭做得太难吃以后别订了。连站岗这件事累得精疲力竭，换来的也是前台的一句："哎哟，你怎么忘记给老板解释了，害得我挨了一顿批……"

　　遇到这样的集体，我虽然认为是真枪实弹前的魔鬼式考验，但心理不是没有落寞的。

　　那段时间，我差点给自己打退堂鼓，写了一半的辞职书最终还是一咬牙全部删除。

　　我已经不再是课堂里那个看到樱花坠落就伤冬悲秋的人了。我得鞭策自己，查漏补缺，临阵脱逃解决不了根本问题。

　　我比以前更加卖力地工作，拼命融入这个小集体。可是一个月下来，彻底绝望了，这哪是什么梦想的起航，完全是另类的地狱。我垂头丧气，决定收拾下抱纸箱走人，这时，部门总监恩铭叫住了我。

　　恩铭是工作室里德高望重的人，大老板对他信赖有加，微电影工种他全部能信手拈来，底下员工基本都是他一手培养的。

　　有次一个客户结婚前对要拍的微电影不满意，闹着说剧本有问题，喊着要退钱。遇到这样的事情十几个员工都殚精竭虑，合力劝阻却无济于事。恩铭在卫生间抽了根烟，将客户叫到一间办公室聊了半个小时。出来后客户喜气洋洋，本以为就此了事，没想到恩铭拍一下我的肩膀说："他们换了最高的套餐，小丁，你来写剧本吧。"

恩铭把我介绍进圈子，集体像是阴转晴的天空，很快给我一片光亮。很快，我边学边练，写剧本，学摄影，跟着导演给那些毫无经验的素人讲戏，一个月下来，我就能自如地导演一部粗糙的微电影了。

领工资那天，我请恩铭吃饭以表感谢，碰着酒杯，我将心中的热忱对恩铭一一倒出，恩铭眼神沉静，像我初次见他时一样如一潭幽深的湖水，让人摸不清。

我以为恩铭会和我说再接再厉，让我继续下去。他却说凡事都有个过程，现实也许并不像你看到的，做好你自己就行了。

我说，恩铭，你觉得我融入了咱们的团队了吗？

恩铭沉默片刻说，你最终想能融入的是你自己真实的内心，跟集体无关。

我觉得恩铭可能酒喝得太多，说的话有点太文艺，或者说，并没有把我当成自己人。

那次之后，我更加卖力地工作，想着总有一天我让他为我竖大拇指。

后来，恩铭主动地带我，不到半年时间我就把所有的业务学得滚瓜烂熟。我以为自己已经从一个菜鸟变成了精英，再也不用去考虑融入集体这样的初级课程，然而接下来的变化让我觉得有点摸不着北。

有时我写了一半的剧本，隔壁的实习编剧小孙端来咖啡表示他有更好的桥段，要求接着写，于是给他。有时我谈了一个客户，上厕所的功夫又被临时导演小马领着刷现金搭了班子，给他。有次顾客订下最高的套餐，点名由我执导，可是拍了一半，团队的几个元老想试试手。我看大部分戏拍完了，试试也无妨，结果我刚回家睡了一觉，晚上就出事了。

我收到顾客的投诉电话。幸好恩铭及时救场免于一场口舌战，但仍旧给顾客留下了不好的印象。顾客投诉说导演爆粗口，不尊重演员，等等。公司开例会，老总要人解释此事，说顾客投诉到他这里，问谁负责。本来我想要主动承担，没想到有人主动说了我的名字，还说新人难免犯错误。

那一刻，我心灰意冷，渐渐地有点明白那次吃饭恩铭要表达的真正意思。

又过了半年，发生了一件事，恩铭辞职了。

走之前，他给老板打了招呼，然后神秘失踪。

恩铭走的具体原因成了一个悬案。大家犹记得，他走之前曾拿下好几个大单，其中还有一个微电影获得青年影展奖。这样的成绩，老板为了留他，据说翻倍加薪水和股份。但他还是走了，缘由让人费解。

恩铭走后，工作室很多业务都由我代理。有时新人过来被人排斥，我会主动带他进圈子，因为我曾经经历过，能够体会这种心态。然而很多年轻人并不如我想象的那般知恩图报，甚至有点过分，上来就要做大单，经常将事情办砸。开始我觉得这是给他们锻炼的机会，后来渐渐元老们对我不满，说我破坏了游戏规则。

可是游戏规则不是人定的吗？

况且我每个月拿下的大单，差不多已经超过了当初的恩铭。这样的成绩，在别人看来我应该开心才对，然而一点也没有。

工作室的效益蒸蒸日上，老板看在眼里，给我做了薪水和职位的调整，还说我已经打破了新人迅速质变的纪录，希望我能给公司做更大的业绩。

我信心满满，认为整个集体应该更加细化，还应该与更大的公司形成合作关系。虽然有风险，但前景可观。我把意思向老总转达，原话是我们应该进入更高的圈子。

老总赞同我的方针，却派来两个助手整顿我们已经形成机制的集体。每次我约见别家公司的高层时，他都会陪同。并且在我离开时，他们会单独约谈。

后来，我明了了，老板是想要弹劾我的权利。虽然业绩上来了，他怕我形成自己的圈子然后自立门户。这些答案是在一次饭局上一个喝醉的合作方老板说的。当时我全当胡话，事后看到公司大家那种异样的眼神时，觉得仿佛被一种无形的网牢牢地套住。无论我怎样努力，都是无法找到出口的。

年后，我选择了辞职，另外一家公司高薪挖我。

本不想一走了之，但身不由己。那段时间，我在乎的与其说是薪水，不如说是做些精品，它对我更有吸引力。

我走的那天，公司的圈子发生了一件非常有趣的事情。每个人像变色龙一样对我熟视无睹，简直有点让人哭笑不得。

以前讨好我的小孙，突然将我视作空气，见了面连招呼都不打。前台的小郭，以前我迟到她会偷偷地给我通过，那天我迟到两分钟，她就说，没办法，这是规定，然后重重地画了差号。老白请我吃饭，跟我套近乎说他们害怕跟我有关系，被老总株连……而老白呢，我很清楚，这个人差不多以前将我当作假想敌。平时和我剑拔弩张，请我喝大酒的原因无非是那句以后有好的项目一定不要忘了他，他需要圈子。

在我彻底与这家公司说拜拜的那一天，我来到了新的集体。然后见到了我的新领导。当看到新老板时，我眼前一亮，这人显然出乎我的预料，他竟是当初神秘失踪的恩铭。

恩铭主动约我出来喝酒。和上次我请他吃饭整整相隔一年，不同的地点，不同的人物关系，说是翻天覆地的变化也不为过。

恩铭和我无话不谈。

他让我猜那次他离开的原因，我猜测一定是另起炉灶。

他点点头说，只说对了一半。

你还记得当初我跟你说的话吗？其实任何圈子都不是圈子。圈子的真正意义在于你的成绩，当我觉得那公司已经无法适应我的能力时，那我就选择了离开。离开的原因并不是觉得自己野心勃勃，而是当你想要越来越好，别人跟不上节奏时，你的存在反而成了阻力。所以，我并不是辞职，而是被炒鱿鱼。

话到这里，我有点惊讶。

恩铭说，现在你应该明白了你难以融进的圈子那只是一个假象，更深的圈子而是自己的内心，是你不断发光的潜力。所以当初我说你看到的只是一个假象，因为每一个集体都有它生存的方式，趋利避害，人走茶凉才是真相。

我明白了他的话，问他如果我进入新的圈子会不会遇到以前的情况？

恩铭看向窗外的川流不息的街道说，总有一天，你会喜欢那样一个圈子，你身边的人都是你的竞争力，你所有的能力发挥得淋漓尽致，你每天会为了你的突破而感到欢呼雀跃。你拥有了金钱，却不再为金钱奴役。

我觉得恩铭又有点喝高了。但不同的是，这一次我觉得他的话很有道理，像是一道光，照亮我的前路。我很感激他。

以前，听闻娱乐圈里有人突然爆红，总会被翻出当初他被打压的过去大做文章觉得百思不解，如今来看，理所当然。

这世界从来没有无中生有的打压，只有时候未到的公平。

在更多的时候，你拉上威亚，战胜恐惧，摆出极限的动作，然后画出完美的弧线，从空中翻越坠落在尘土间，得到的不过一句，仅此而已。

但也可能是你在凡尘间摸打滚爬，终于出人头地，受人尊崇，拥有了自己的一片天地后，那人突然过来和你说，你得谢谢当年我的仅此而已。

所以，无所谓对不对，没有凭情商得来的圈子，只有凭努力换来的圆满。

　　你以为别人冷酷无情，很可能是你在演一场独角戏。

　　这些年，在影视圈看遍人情冷暖，有很多人愿意带你进入圈子，亦有很多人想要逃离这个圈子。像是站台，一些人离开，又有一些人到来。

　　幸运的是，生命中总有一些人无条件地跟你说：来啊，这里风景独好，缺了你一双会发现的眼睛。走吧，那边人潮汹涌，抵达就能看到新的面孔。唱呀，舞台就少了你一个人，握住麦克风你就能唱出新的流行风向。飞呢，山那边搭好了场景，架上了镜头，演员定格在山清水秀的景色，只等你一来，喊声开始，那么，这世界新的圈子就要运转……

17

啊哈，上班没有用，明天要再来

2016 年，有段日子我不想写字，又不想出门旅行，就跟着朋友胡吃海喝，每天消极度日，将时光廉价出售，把回忆瞬间清空。回过头来看，它像是一段被剪掉的电影禁播片段，等待清醒的自己审核，然后给新故事挑选素材泪流满面的机会。

后来朋友看我再喝下去非得把命搭进去，我又不爱玩游戏，就怂恿我去他们家一个茶庄继续醉生梦死。

说是茶庄，更像是各色文艺青年的聚居地。唱歌的，画画的，拍电影的，玩机车的，高校演讲的……老少汇集，热热闹闹地将气氛燃烧到极点，有点像男人为主的红楼梦，又称得上是香港电影里的王晶操刀的场子。

为什么提到王晶，因为这里几十张桌子拉开，大家四人一组，活脱脱地就是现实版的《赌神》剧组。

我的牌技一般，被分到文字组，就是除了我一个专业作家，其他的都是业余码字的。他们写总裁爱上校花的裙摆，他们写气功高强到宇宙轮回，他们写女人跟女人的死掐，他们写青春就是跟现实死磕，就是不顾一切地做斗争。

大概是他们认识已久，形成盟国效应，转动骰子，推，拿，砸，收，相互挤眉弄眼，配合默契。一帮从"70后"到"90后"的三人组，一支烟的功夫将我输得差点只剩下裤衩。

开玩笑的，牌局很坑爹，赌债很严酷，他们要的可比裤衩值钱多了。

赌债是，我，要，帮，这，帮，人，码，字。

将它们心中稀奇古怪的故事用专业的文字一章一章地传给他们奇葩的读者。

一周下来，我的电脑堆满文档。眼看再写下去，这辈子就可以写部电影，名字叫作《一个枪手的一生》。俗话讲行到水穷处，坐看云起时。这时，一个神奇的少年突然出现，救我于水火，杀得那帮混蛋鸡飞狗跳，哀嚎遍野。

少年人称赌侠，赌侠很仗义，疾恶如仇，上来洗牌，出牌，大四喜……洗牌，出牌，绿一色……洗牌，出牌，九莲宝灯……洗牌，出牌，一色双龙会……半天不到，我就从耕地耕到死也吃不到一碗燕窝的农夫变成了掀牌子掀到灵魂出窍的大地主。平生第一次觉得电视剧里报仇雪恨的剧情真的很大快人心。

赌侠还教我一系列出牌猜牌洗牌的招数，很快我就能游刃有余，从打牌的胜利中获得了想要好好生活的勇气。

这件事让我很佩服赌侠。

赌侠是"90后"。飞机头，铆钉衣，皮肤吹弹可破，气质睥睨众生，驾驶着跑车横冲直撞，活脱脱的一个现当代版的小鲜肉。

赌侠每天出入茶庄，无所事事，为人豪爽，却有一肚子别人不懂的悲伤。

有次我们深夜行驶在郊区的一条马路上，赌侠跟我说他不想上班。

我说，放心吧，只要这台车一直在跑，你就不用上班。

赌侠说，他每天跟老爹吵架，老爹让他继承他的事业，去跑公司业务，他不愿意，父子俩好几次都差点动手。

我说，你打不过你老子的。

他说为什么。

我说他是对的，你天天无所事事，一旦闲下来，稍微动下手，差不多就能超过一百个普通上班族的劳动力，退一步，大家都有得玩嘛。

我想继续给他灌输上班的意义，他摇摇头说，天黑了，我们去喝酒吧，我认识一间酒吧，他们的玛格丽特棒棒的。

那一晚，我们喝得酩酊大醉，将车子扔在地下车库，搀扶着彼此打车回家。

深夜的城市，流光溢彩，灯火阑珊，出租车的玻璃窗倒映着霓虹，映出赌侠年轻而稚嫩的脸庞。晕黄不断地切换在他的年少轻狂的脸庞，我看到赌侠的眼睛有晶莹的东西闪烁。

他哭了。

后来，一连半年我没有再见到赌侠。他终于消失于我的生活中。

我偶尔去茶庄，大部分时间码字听歌，在城市里晃晃悠悠。在思索的时间里，我想生活枯燥不堪，玩意千变万化，但每个人总要归于平静而有规律的生活。

赌侠应该去工作了吧。

但他没有，听到他后来的经历，尽管我不愿意承认，但他也真的将自己活成了电影里的赌侠。

赌侠没有听老爹的话，乖乖地去工作，他烂赌成性，输掉了一大笔钱，这笔钱虽然不至于让他倾家荡产，却在一次争吵中气得他的老爹一命呜呼。

这些都是我听茶庄的人说的。

茶庄的人说，赌侠年少气盛，竟然跑到澳门的赌场胡作非为，还出老千，差点被人砍掉双手。

茶庄的人说，赌侠喜欢机车，他开了家机车店，却被父亲强令关闭，从此一蹶不振，每天飙车发泄。

茶庄的人说，赌侠爱上一个姑娘，赌侠决定跟她结婚，结果那姑娘跟赌侠借了钱消失于人海，从此没了音信。

茶庄的人说……

像初次来茶庄一样，赌侠像一道谜，杀得对手措手不及，如今又如一道谜，被生活斩得寸草不生。

总之，我觉得他不应该拥有这样的结局。

可是我能做什么呢，生命中该有多少我无能为力的事情。

我想起赌侠说，他不想上班。

我说，退一步，大家都有得玩，然后我们酩酊大醉，我看到赌侠流了一行泪。

从此他的生活像那行泪一样，苦涩，滚烫，折射出生活的酸甜苦辣。

几年前，我在一家事业单位工作，每天开会，喝茶，读报纸，生活像一潭死水。在那样的环境里，我被外人称作为前途无量，祖上有光。但我却不知道我活着的意义。每天像行尸走肉一般按下闹铃，打卡回家，按下闹铃，打卡回家，给梦想留的一寸地，长满了疯狂的野草。

大概是年少轻狂，当有天终于被一篇不愿意写的文章搞得肝肠寸段时，我递交了辞职信。

主任很惋惜，给我讲了很多道理，他问我为什么不愿意工作?

我说我不是不愿意工作，而是不愿意做我不擅长并且不喜爱的事情。

主任说你打开窗户，从整个 18 层往下看，那些密密麻麻的人群，有多少人真正热爱自己的职业。很多时候，职业是一种生活方式。

　　我没有办法向主任解释我内心的痛苦，同时觉得他的道理就是道理，或许很多年后，我会跟他一样认为，自己跟这些人没有什么区别，甚至更加怀疑着的意义。

　　但我还是辞了职，每天专职写字。大概是自己喜欢的东西，会更加地卖力，很多次我写到手指发麻，眼皮发疼的时候，我就想到不是每个人都有机会去做自己喜欢的事情。我有一次为梦想疯狂的权利，但我没有重来一次的人生。

　　如今大概形成了一种性情，喜欢的就去做，不喜欢的统统丢一边。但每次只要写下一个字，我就要求它对得起我的理想和身后几十万的读者，那也是我当初义无反顾放下的原因。我得为当初的斩钉截铁去埋单。

　　我写字的同时，会有很多读者给我来信，他们年龄参差不齐，却各有其烦恼。

　　年少毕业的人有不少人会问我工作的意义，我没有办法一一解答，因为其实对与不对，好与不好，是一道开放性的试题。

　　如果工作为了兴趣，那么赚来的每一分钱都足以让我们丰衣足食，付得起这世界千变万化的精彩，在精彩中又能发现新的精彩。

　　如果工作为了赚钱，那么赚来的每一笔钱不足以让你挥金如土，那么赚钱背后的条理生活，才算是让生活产生勃勃生机的基础。

　　过自己想要的生活，那么上帝会给你一道难题，那就是这选择本身是发泄，是生长，是冲动，还只是兴趣？

　　当兴趣遭遇逼迫，当企划恰逢猝然，当不顾一切应对无动于衷，当满心欢喜需要卧薪尝胆……所有的完美都会成为充分不必要条件，而一旦千辛万苦终于满足了条件，似乎一切又显得不那么充分。

总之，在工作和兴趣之间，大多数人，都有一个差。

这个差，要么身不由己，要么镜花水月。总要酒干杯空，泪流汗尽，才配得上"长大"二字。

上帝欠你的，会以另外一种方式归还。

工作给你的，终于不仅仅是谋生本身。

上班没有用，明日要再来，在这刻薄而丰富的世界，从来爱恨情仇都是自编自导。

18

〉〉〉

我不累，我终于成了你讲的那种人

2013 年，我去成都旅游，刚好赶上我的朋友的婚礼。

朋友气宇轩昂，谈笑风生，要不是他主动来敬酒，我都以为自己走错了现场。

之所以如此惊讶，是因为以前的朋友十分落魄。

记忆中十年前的场景，一个深夜，一轮明月，一捧野花，一位姑娘，一名小伙怀抱求爱的心，后来，一个深夜，一场大雨，一瓶啤酒，一抹背影，一名小伙怀抱破碎的心。

朋友频频失恋，大家习以为常。

像他这样子只会一味对姑娘付出、不喜欢甜言蜜语的人，姑娘是不可能给他机会的。

不仅如此，朋友在事业上也是屡遭磨难，高考离重点差一分，上学期间办补习班被罚款，为同学打抱不平被记大过，筹资办公司被骗进传销组织。最轰动的一次是他接受某电视台节目的采访，实话实说的后果导致他被牟利者群起而攻之，差点丢掉半条命。

这样的事迹整理起来可以写成一部电视剧，名字就叫作《倒霉大叔的婚事》，哦不，叫《倒霉大哥的奇闻逸事》。

其实，那个时候每个人心里都很清楚，朋友为人耿直，疾恶如仇，爱钻牛角尖，凡事拼尽全力，事事讲究公平，他在心里给自己建立了桃花源样的王国。可是这样的王国注定与坎坷建立友谊，和打击结下姻缘，如果不改头换面，是无法与有关幸福的点点滴滴擦肩的。

不讨好归不讨好，但朋友眼睛泛着不羁，脾气里透着纯真，他随时都能让大家喜笑颜开轻松欢畅。很多时候，我甚至认为换个角度，他就是那个时代的哥白尼，在熊熊烈火中，一个优秀的年轻人活出了生命的纯度、浓度、自由度。

但无可厚非，他是那种人人向往的丰满人生，却也是人人不愿意成为的麻烦人生。

如今他结婚了，妻子美丽，事业有成，人人敬仰，像一块360度无死角的人造钻石，发出耀眼的光辉，唯独我觉得这块钻石刻意雕琢，失去了当年棱角分明的自然生动。

婚礼结束，客人散尽，朋友单独约我喝酒。这一喝可不得了，从月上枝头喝到朝阳满天，酒干了，人醉了，朋友哭得歇斯底里。

朋友说，以前总觉得事事不顺，却笑得出来，现在诸事顺利，对着镜子却越来越讨厌自己。

朋友说，以前说爱，那时可以随时为对方死得勇敢，如今我们虽然说着同富贵共患难，却将对方的底细摸得一清二楚，将内心的秘密永远封锁在记忆的仓库。

朋友说，以前赚钱很难，一碗面分成两次吃，我能吃出幸福的味道，而如今，我终于成了那种几十道菜却尝不出滋味的人，我尝到了百种滋味，却失去了生活本来的味道。

我说，成功总是有好有坏，但终归是好的，要不要再来一打啤酒。

没有什么不会改变的，就像童年河边的马路，就像初恋曼妙的身材，就像存下的钱买下抵达你城市的车票，就像那个夏天我一次又一次失败的驾考。

都会改变的。

时间载你上车横穿从前的观念，成为下一站新思潮的人，你终于成为你想象中的那个自己，却不一定是喜欢的，但却是最应该发生的。

因为幸福的方式七拐八绕，但目的地只有一个，那就是脱胎换骨。

很多年前，我二十出头，读书不行，却爱逛街，横穿无数个星光笼罩的时间，逡巡长河般明晃晃的夜市，谈论着姑娘扭动的腰肢，好奇新上市新潮玩意儿。

很多年前，我胆大张扬，拈花惹草，却相信爱，递文采飞扬纸张喷香的情书，买流行火爆的情侣衬衫，因为一句玩笑话，就能搭车赶往那个梅雨季节的城市给对方惊喜，也曾在深夜里哭到心软变硬，第二天一口气写出失恋歌的肝肠寸断。

很多年前，我胃口不行，却有酒量，苦闷的晚自修，叫上狐朋狗友翻墙找一家偏僻简陋灯火朦胧的小馆子，只要一盘花生米，拌黄瓜，炒个鱼香肉丝和蚂蚁上树就能狂吹七瓶啤酒不醉倒，燃烧整个青春。

那个年代我在郑州。

京广陇海交织放射，南来北往的过客汇集，李志唱着冬天的阳光巷子里飘满煤炉的味道，过往将我们每个人的脚印留在时光的长路上，一旦故地重游，回忆便重整旗鼓，将当年的煮酒论英雄细数翻拍。

郑州是我大学思念的青春，是我一派淙淙流淌的年华，在那里我曾经遥望那些海洋那边的都市，以为那里才是我的归宿，回过头来看，郑州记载我一贫如洗的时光，牢牢地记住那个最好的我。

那个时候，我们讲得最多的除了姑娘，就是将来要去哪里，要做什么。

直到现在，我们仍旧喜欢谈论姑娘，可是将来抬头就能看到底，要做的事情行程单密密麻麻记得纹丝不漏。

那个时候，我觉我这一生都不会变了，我爱着她，会跟她结婚生子，成为这茫茫世界里平平凡凡的一对夫妇，然而在毕业的路口，总有人向左，也总有人向右，分开那天，我们喝酒聊天相互祝福到了深夜餐馆打烊，从此老死不相往来。

　　一转眼十几年过去，她应该在某个单位喝茶聊天，她应该相夫教子每天看热播剧，那些曾经海枯石烂的誓言就像那些她写给我的信件一样，被大人打扫中无意间扔到了垃圾箱。从此青春证据没有了，也就心甘情愿地承认了当下的自己：可以爱，但不会全部的爱，理智会让生活一帆风顺，却再没有当年乘风破浪的气魄。

　　我终于成了你讲的那种人，不信努力就一定会有收获，相爱就一定可以白头，却相信发生的就是及时的。因为不能回头，回头会更糟糕。因为我能修炼出最滴水不漏的自己，却留不住最义无反顾的青春。

　　我终于成为自己最讨厌的样子，无数个八面玲珑的 bug，却再也不需要 ps。

19
>>>

一人分饰两角

（一）

衣群是个自由职业者，以撰写游戏背景故事为生。

衣群单纯，自闭，敏感，渴望轰轰烈烈的爱情，却总和心仪的姑娘无缘无分。

游戏职业者容易幻想，衣群的脑洞很大，做事偏执，所以出活儿快而好，收入不菲，他每天订外卖，打游戏，听音乐，看韩国R类电影，偶尔会学东野圭吾观察人的行为动机，学村上春树去酒吧小酌几杯，却总是觉得一定是上辈子跟月老打麻将打红眼了，较上劲了，所以这辈子净摊上光棍节了。

衣群一个人时常唠叨："漂亮的不安分，难看的不满足，可爱的太娇气，强悍的太霸道，有钱的说话损，没钱的一肚子坏心眼……谈个对象比打游戏难多了。"

衣群认为真不行，就找个年龄大点的，会关心人，经历丰富反而省事儿，于是大脑发信号给宇宙，真让他遇见一个比他大十岁的离婚少妇，两个人干柴遇烈火，从相识到献身不到二十四小时，翻云覆雨后衣群靠着枕头嚯烟，叹道：遇到你之前，我觉得是个女神，萝莉、御姐、萌妹子、女王……才行，遇到你之后，我才发现，屁，得是个女人才顶用。"

少妇叫刘执，和衣群住一个小区，丈夫偷情被抓奸，还反咬她没情趣，刘执本想忍忍，没想到丈夫变本加厉，竟然让那女人住进她的家里，穿她的睡衣。

刘执暴怒，哆嗦着想动手，丈夫上来就一耳光，刘执披头散发地嚷嚷要离婚吓唬对方，丈夫脸色铁青地递给她一张盖了章的离婚协议书。离婚后，刘执认为老男人没一个好东西，得找个年龄小的。

正巧那天，丈夫回来取他的象牙麻将，刘执跟他拌了几句嘴，火气上来又要动手打人，正好衣群经过，觉得男人欺负女人挺过分，劝架的结果是挨了一耳光，犟性子的衣群不依不饶，反而让那一脸横肉的老男人生怵，随口骂了句："小毛孩子，谁跟你一般见识？"又扫了眼刘执啐道，"口味变了啊。"

男人走后，刘执一边给衣群擦鼻血拍打衣服上的灰尘，一边琢磨前夫的话，她细细端详眼前这男孩白白净净，还懂得保护自己，就起了私心，非要拉衣群去家里给他包扎坐会儿以表感谢。

衣群已经好久没女人，被这热情包围就稀里糊涂地进了少妇的家。两个人大有相见恨晚之势，你一句我一句，天南海北地聊了一下午。

眼看天色稍晚，少妇出去买菜要给衣群烧饭吃，衣群看时间不早了，就想着该撤人了，但推托不过，等明白咋回事后，已经跟买回来白酒熟食的少妇边吃边喝边聊到了凌晨。

喝酒误事一点也不假，第二天衣群醒来身边就躺了一个白花花的女人，就是刘执，他这才知道昨晚发生了什么，正想着脚底抹油开溜，就被刘执从后面环抱住……

于是，衣群就和刘执过起了没领证的夫妻小生活，吃饭，逛街，遛狗，旅游……大女人知冷知热，小男孩热血坦诚，日子过得真的有点幸福的意思。衣群念叨说："真不行，就去领证得了，回头赶紧整一孩子。"

刘执每次都打断说："领领领，没想到你这小屁孩还挺传统！"

（二）

半年后，出了件让刘执意外的事，衣群出轨了。

出轨的姑娘叫杨荔，杨荔是外乡姑娘，跟衣群认识也颇具戏剧性。

杨荔是上班族，每天六点下班赶 77 路公交车，正巧衣群每天要去游戏公司开研发讨论会，每天也乘这辆公车，有次车厢拥挤，两人被挤到胸贴胸喘不过气，毕竟年轻，衣群性情不定，跟成熟的刘执一待就是半年早就腻了，久而久之，不免对那种电视上郎才女貌的恋情心生向往。

此时的衣群害羞却忍不住偷瞄眼前的姑娘，望着白嫩洋气，笑起来有酒窝的杨荔脸蛋发烫。两人不时眼神交汇，衣群觉得这姑娘看他的眼神不对，好像对他有意思，可是又没有勇气开口搭讪。车子到站，姑娘下车，衣群只能埋怨自己太窝囊，活活错过了这次艳遇的机会。

但衣群爱幻想不死心，认为姑娘一定钟情于他，竟然每天掐时间去乘 77 路公车堵姑娘，可是一连几天都没啥桃花运，他没再遇见那姑娘。后来有次衣群出门晚紧赶慢赶刚到车站，公车就开走了。

衣群追了会儿，透过车窗他看见了那个熟悉的身影，气喘吁吁地站住骂道："多停一会儿能死啊！"

嘴上虽然骂道，衣群心里却乐呵呵，看来最近几天没白跑，这招还真有戏，接下来的几天，衣群掐时间掐得更准，却再也没见到姑娘的人影。就在衣群伤感落寞决定罢手时，突然车子旁边座位坐了一个人，他一回头，差点鼻血喷出来，这人不是别人，这不是自己每天"守株待兔"的姑娘吗？

衣群心里七上八下，提醒自己可不能放了这个机会，简直比买彩票还难中奖。

衣群手冒虚汗手机都浸透了还没想好怎么开口要姑娘的手机号，这时，戏剧的一幕出现了，姑娘突然转过身对衣群开口说道：

"帅哥，我手机刚才好像丢了，能让我用你的手机给我的打一电话吗……拜托……"

衣群心里乐了，嘿，这姑娘套路玩得真熟练，看来自己真是没白忙活！

衣群一脸羞涩地把手机给对方用，脑海里没来由地汹涌而至的是女孩非他不可的片段，感慨看来桃花运终于摇到号，简直有点不敢相信被点名了。

回去后，衣群记下号码就试探着发短信，结果很快得到回复，衣群得知姑娘叫杨荔，是在一家幼稚园当老师，两人天南海北地侃，杨荔经常会问衣群一些稀奇古怪的问题，那时候衣群被恋爱冲昏头脑，没在意，就你一句我一句不分昼夜地狂聊。

而此时的衣群依然跟少妇刘执保持着亲密的关系，只是摸手机的次数多了，有时边发短信边偷笑。

刘执是过来人，嗅觉灵敏，猜测是不是这小子外面有相好的了，但种种迹象又不太像，她宁愿相信自己可能是多疑了，或者最近对这孩子没太上心。但男人就这样，你越对他好越是很快生厌，有天晚上衣群终于一咬牙跟刘执请假说要出差两天，刘执也不好说什么，衣群就打扮得人模狗样地去跟那个叫杨荔的姑娘幽会去了。

当天晚上衣群和杨荔就开了房。

衣群的手机几乎被刘执打爆，但也没接，他认为接了事情更大，不如回头跟她细细解释。

对于衣群来说，杨荔跟刘执不一样，一个是娇艳欲滴的红玫瑰，一个是熟透了的白玫瑰。他毕竟年轻，对那种玫瑰色的爱情还是很向往的，于是这种出轨也再所难免。但就是随便玩玩，回过头来还是觉得刘执更适合自己也没什么。偏偏爱情这东西越碰越上瘾，两人就这样厮混在一起，于是衣群跟刘执见面的机会也就减少了。

刚开始刘执还真相信这小子可能最近工作太忙，有点疑心又被自己推翻了，后来有一次她发现衣群这小子眼圈发黑，整个人无端瘦了一圈，身上还有一股奇怪的香水味，就明白这小子一定是瞒着她整幺蛾子。但到了她这个年龄，做事还是很稳重，于是就旁敲侧击地问衣群，衣群警惕性很高，随便编个理由拐弯抹角就混过去了。

有次，刘执偷偷跟踪衣群，在一家餐厅的外面看到衣群正和一个打扮妖艳的姑娘有说有笑，吃东西时那姑娘还帮他擦嘴。

这下子刘执全明白了，这狗崽子竟然跟她玩无间道，这是碰上小三了，刘执一边愤恨，一边感慨怎么老是招这东西，抽时间真得去寺庙问问。

毕竟有过类似的经历，刘执这次就没那么冲动了，她想不如再观察段时间，就以陌生人的身份加了杨荔的微信，冒充心理医生跟杨荔聊天，想以此打听这姑娘的背景。没想到杨荔真的就把她当成医生，经常会跟她说一些奇怪的话，这些刘执都保留着当作证据。

刘执撒谎说自己去外地几天，让衣群放松警惕，临走前还将自家的钥匙留给了衣群，让她没想到的是，她跟踪了几次之后，事情终于恶心到了顶点，衣群竟然带着杨荔去她的那张床上翻云覆雨。

也许是情景重现给她留下阴影，总之刘执没压制住情绪冲进厨房，拎起菜刀，一脚踹开卧室门，骂了声就扑上去厮打这对狗男女。

衣群大惊失色，冲上去夺回菜刀。

刘执就像疯子似的扑向杨荔，衣群看这女人如同疯狗，情急之下，一耳光抽过去打在刘执的脸上。

刘执这下子清醒了，趔趄着斜靠在墙边满脸泪水，哇的一声跑了出去。

自那以后，刘执就消失在了衣群的世界。男人就这样，只要身边有替补队员，那旧爱的伤疤就能迅速痊愈，衣群每天跟新欢杨荔亲密无间，在二人的世界里不可自拔，可以说直接跳过失恋的环节。

但衣群隐隐约约觉得杨荔这姑娘有点奇怪，又说不出来是哪里，比如有时候他深夜醒来，会看到杨荔正趴在他胸前两眼发直地看着他，这时就会吓得衣群当即冒一身白毛汗。有时在某个不经意的瞬间，杨荔会突然叫出一个奇怪的名字。除此之外，衣群还发现杨荔有个小木箱子上了锁，在床底下从来不打开，不知道里面有什么。

衣群曾经试着问过杨荔这些奇怪的举动的原因，杨荔都插科打诨地糊弄过去，久而久之，衣群也就放松警惕了，但杨荔依旧没有停止和微信上从来没见过的神秘心理医生聊天，有时会问一些关于暴力自杀问题，有时会聊一些童年琐事，角度都十分偏门。

冒充心理医生的刘执产生过质疑，但想着夺夫之恨让她没有想太多，每天小心地搜集这姑娘有出轨倾向的语音，阴毒地期待着等搜集齐了一定要全部发给衣群，让他知道这个世界上除了爱他的她，其他扑上来的都是婊子。

（三）

一个月后，发生了一件骇人的大事，杨荔被人杀害了。

那天等到警察和消防员过来扑灭大火后，房间里的东西已经被烧得面目全非了，衣群狼狈地被警察带到了警局做口供说："煤气着火，当时想要救杨荔出去，可是来不及了，她淹没在火海中了，自己就侥幸逃了出来。"说完就号啕大哭。

警察觉得事情有疑点，但又没有证据，只好让衣群做了简单的口述，就放他走了。

失去杨荔的衣群，消沉了一段时间，很快就从悲痛欲绝的情绪中缓过来，和少妇刘执又好上了。

有天深夜，翻云覆雨后，刘执警告衣群说："事情没你想的那么简单，警察要是找过来，这黑锅你迟早要背。"

衣群面露凶光地说："可我是被逼的。她要杀我，我才是受害者。"

刘执说："说这些都没用，咱俩是一根绳上的蚂蚱，明早上跟我领结婚证，这件事情就是天知地知你知我知了，不会有第三个人知道了。"

原来，这个叫杨荔的姑娘似乎真的有心理问题，事发那天杨荔把衣群灌醉，嘴里咕哝着奇怪的话，突然跑进卧室从床底下拉出那个木箱子，打开取出一把匕首，想都没想朝着衣群扎过来，衣群脑袋喝得沉沉的，但遇到危险，还是反应灵敏的，当即被吓得清醒过来，心说这漂亮可人的姑娘难道是神经病，或者杀人犯不成？

没时间多想，衣群跟冲上来的杨荔厮打起来，终于将匕首甩掉了，可是杨荔就像发疯的狗根本没想要放弃弄死衣群。基于保护自己的天性，衣群反制住杨荔，掐住她的脖子，一直到杨荔翻白眼，四肢瘫软，失去了知觉，他才松手。

衣群这才知道自己杀人了。于是慌忙给刘执打电话，吓得全身颤抖连话都说不清，刘执从只言片语中大概听明白了衣群杀人这件事，衣群说完就稀里哗啦地哭了起来，还求刘执救他。

刘执听罢也很意外，但毕竟阅历丰富，没有犹豫先让衣群冷静，换上衣服就马上赶去现场。到了那里办法早就在刘执脑海里了。刘执先给房间放了火，制造了一场火灾，想要烧掉杨荔的尸体和所有的证据。之后为了撇得一干二净，还将之前跟杨荔的聊天语音剪辑拼接给警察听，证明杨荔是精神病人，因为病发想要杀死衣群，不料放了大火烧死了自己。

果然，案件并没有节外生枝，事发后的第二个星期，衣群就跟刘执领了结婚证。

（四）

时间过得很快，一眨眼，五年过去了。

衣群成为一家培训机构的老师，每天朝九晚五，而刘执做了家庭主妇，每天打麻将为业。

二人膝下有个小女儿，生活过得不好不坏。衣群这几年始终不安稳，担惊受怕，生怕案件会浮出水面，有天会被警察找上门来，才五年头发就白了一半。

这还不算，刘执毕竟年龄大了，衣群和她走在街上，很多次都被别人认作母子。夜深人静时，衣群有时会梦见杨荔，当初的美好像放电影般重现，每当这时衣群就会呓语不自觉喊杨荔的名字，刘执随即一巴掌甩过去，将满脸颓丧的衣群打个彻头醒，并语气冰冷地警告衣群，这样的错误也就是她听到，如果在外面后果不堪设想，现在的警察二十年前的案子也能翻出来，让他长点心。

每当这时，衣群就会狠狠补自己一个嘴巴子，啐道："混账玩意儿！"

入秋时，学校里来了一位女教师，叫芦绘，身材苗条，开朗爱笑，有些范冰冰的神韵，很快就在学校里出了名。

衣群也见过这女人几次，眼神交汇，衣群会全身发麻，头皮发热，这眼神让他找到了当年青春的躁动，简直和当年的杨荔相差无几。

五年来，这可是第一次，他心里微微触动，突然就觉得生活有了色彩了，他每天起得更早，动不动就加班，想方设法地跟女教师芦绘套话，隔三差五地给她些小点心，这姑娘三十出头却没对象，又懂男人的心，迷惑得衣群有点五迷三道的。

终于，在一个风雨交加的晚上，衣群以切磋教学方法为由，跟芦绘在紧锁的办公室里越聊越过分，最后聊到宽衣解带的程度……

　　学校里老师的恋情总会很快被发现，因为有一群好奇害死猫的学生。有好几次衣群跟芦绘偷情的经过被学生用手机拍了下来，在各个班级流传，传来传去自然很容易流到刘执的手里。本想着一场血战就此引爆，但奇怪的是刘执看过这段视频除了有点生气外，却没有当年的那种满腔热血想要拆穿的冲动。这就是未婚女人和已婚女人的区别吧，她会考虑孩子的感受。

　　刘执的孩子生来可爱娇气，没受过委屈，成天宝儿贝儿地娇着惯着，真不敢想象她知道这件事的情形，退一步想，哪个男人不偷点腥，睁一只眼闭一只眼吧，于是刘执索性就咽下了这口气。

　　没想到衣群变本加厉，脸皮厚到竟然不顾老师的脸面肆无忌惮地跟芦绘在学校里抛媚眼，大庭广众之下还开一些露骨的玩笑。对此校长找衣群谈过几次，让他注意影响。但衣群这人就是那种记吃不记打的货色，嘴上说有分寸，转头看见芦绘那迷人的小眼神整个人就酥了。

　　沉醉在偷情刺激下的衣群顾不上流言蜚语，只想着能享受一次是一次，大不了被媳妇儿知道收敛一些好了，毕竟两只脚在自己身上，别人哪管得着。

　　可是媳妇不找，不代表别人不找。找衣群算账的不是芦绘的准男友，也不是她爹妈三姑二姨，而是另外两人，校长和办公室主任。

　　传言这俩孙子跟芦绘也有一腿，这可让衣群火冒三丈了，起初他还不相信，毕竟从来都是自己背叛别人，哪尝过被劈腿的滋味？

　　可是等那天他上厕所，有几个学生正在拿着视频叽叽咕咕地嬉笑传递阅览。衣群果断没收过来，看到手机正播放的视频时衣群彻底崩溃了，没想到芦绘竟然是这样的货色！

是可忍孰不可忍，衣群不知道哪来的勇气，硬生生地约出连续五天不跟自己搭一句话的芦绘，质问她那些流言是不是真的。

这芦绘真不是善茬儿，点根烟沉默片刻，突然轻蔑地望了衣群一眼点了点头。

衣群咽口唾沫，嘴唇发紫，正要爆发，芦绘就立即抛出一句话堵住了他的嘴："别整得跟武二郎捉西门庆似的，我跟你什么关系？我是你什么人？我有必要对你负责吗？拜托你成熟点好吗？"

这番话虽然苛刻却结结实实地扑灭了衣群的怒火，他脸色惨白，沉默不语。是啊，自己是有妇之夫，人家还是单身，有选择的权利。可是男人就这样，脑子一热，为了独揽食物可以抛下做人的准则，说只要你愿意，我可以把工资分你一半，人家芦绘一看就不是那种被几张毛爷爷收买的主儿，摇摇头说本姑娘可不稀罕你那个，况且你赚的还没我多，充哪门子大款？

衣群这下子彻底孬毛了，像只暴跳的狮子，破口大骂起来。

芦绘纹丝不动，眼睛像冰锥一样望着他失去理智，狼狈不堪。衣群发泄完毕，觉得理亏还是无奈地坐了下来。芦绘掏出钱结账，留下一句话："也别怪我没给你机会，想跟我好也行，我也不是那种随便的姑娘，喜欢我就明媒正娶把我娶回家，小三这称号我可担不起，也不敢担。"

说到"明媒正娶"四个字，衣群脑子一响，简直想都没想过，不说家里那口子怎么对付，就是孩子怎么办？还有那身后无法见人的隐情怎么示人？

这五年来，衣群渐渐对眼前的生活麻木了，夜深人静不是没有想过重新找回年轻时那会儿的心，他还不到四十岁，只不过这几年来发生了太多事，他明显比实际年龄大十岁之多。此时，衣群觉得内心的那个原本就有点动摇的天平开始疯狂摇动了。

这次谈话让衣群接下来的生活昼不能食，夜不能寐，翻来覆去，前前后后想了很多次，每次都想要跟躺在身边打鼾的刘执摊牌，尽管知道这样就是在玩火。

刘执心里跟明镜似的，却也装作不知道，但她隐约觉得丈夫这几天不对劲儿，以前就算偷腥回来也算尽职尽责，但现在明显看她的眼神有变，爱答不理的，连碰她也越来越少。

那天晚上，刘执睡到半夜，竟坐了起来，月光透过窗户照进来洒在黑暗中她粗糙暗黄的脸上，显得阴森森的。刘执点燃一支烟，黑暗中声音沙哑低沉，冷不丁地挑开话头，问衣群是不是有话想跟她说。说来两个人都在一起五年了，对方有点小心思还是能够看出来的。

听刘执这么说，衣群装睡的心也没有了，咬咬牙就一口气厚颜无耻地说出了要离婚的想法。

刘执听完深深抽了一口烟，平心静气地问了衣群的真实想法，衣群就着氛围实话实说，确定这男人真的翻脸无情之后，突然跳起来咆哮道："你别以为这样就把我给甩了，把我逼急了，我就把你那点脏事给抖出来！"

衣群听到刘执翻出这个做威胁，马上蔫了，但他已经不像当年那样毫无尊严地去恳求刘执放他一马，而是希望她好好想想，毕竟他们是一根绳上的蚂蚱，真相败露对谁都不好，况且女儿也这么大了，折腾不起了。

提到女儿，刘执消了一半的火气一下子又升起来，一个大嘴巴子抽过来，啐道："你真无耻，这种话也能说得出来，还是人吗？"

（五）

衣群和刘执离婚了，女儿判给了刘执，衣群每月要付孩子的抚养费。

事情本应到这里画上句号，衣群做梦也没想到这件事会进行得这么顺利，虽然有点对不起刘执，但一想到芦绘那醉人的眼神，心就美到九霄云外了。

话说回来，衣群这几年的压抑也跟刘执有关，自从五年前犯了案，衣群每次看到刘执都会联想到当年那一幕，衣群做梦都想摆脱这五年来的噩梦生活，现在终于摆脱了过去，能够重新开始新的人生了，他觉得上天真是厚待他。

离婚后，衣群满心欢喜地去找芦绘庆祝并表示了求婚的意思，芦绘没有食言，答应他年底会跟他结婚。

那段时间衣群逢人就笑，头发染成了酒红色，衣服穿得时髦前卫，一来二去捯饬几下，摇身一变俨然成了二十出头的小伙子。可衣群并不是万事大吉，心无挂碍了，他仍旧记得芦绘那边没处理干净，和芦绘有染的校领导都不是善茬儿，绝不会轻易放过这个情人的，为了赶走衣群，他们算得上是煞费苦心了。

一次校会上，办公室主任明嘲暗讽数落个别老师不检点，还提到芦绘的名字，言语中透着侮辱和蔑视，苦肉计结结实实地打在衣群身上，衣群性子急，看着芦绘偷偷抹泪，脑子一下子不理智了，冲上去二话不说抓着那可恶的男人一顿猛揍……

这件事的后果就是衣群被学校开除。走出校园那一刻，顶着异样的目光和流言蜚语，衣群一点也不后悔，大步流星地抱着几本书走出校门。好在芦绘还站在衣群这一边，让他失落的心稍微得到一些安慰。衣群心想，工作丢了就丢了吧，还能再找，反正女人得到了，怎么算都很值得。

芦绘果然没让他失望，在衣群离职后的第二天也从学校搬了出去。

衣群用攒下的钱重新给房子装修，还买了新的家具，准备跟芦绘年底结婚。两人亲密无间地逛街，看电影，吃大餐，晚上说不完的话，沐浴在爱河中，衣群渐渐忘掉了五年来的所有噩梦。

这期间刘执来过几次，说总觉得最近发生的一切很蹊跷，希望衣群多考虑一下，衣群觉得她不过想旧梦重温，可是旧梦就是他的噩梦，傻子才愿意重温呢，随即说了几句冷漠的话就把刘执打发了。

刘执走之前补充道："你还是注意一点，当年的事我不提，不代表没发生，我最近眼皮老是跳，好自为之吧。"

衣群一听到刘执提这一茬就生气，生硬地说道："能发生什么？

只要你不起歹心我就没事，你走吧，总之，以后有需要帮助的你开口吧。"

刘执叹口气还想说什么，没张开口摇摇头就走了，衣群得意地笑了下，骂了句：傻帽儿！

（六）

入冬的时候，衣群还没操办婚礼就发生了件揪心的事：衣群五岁的女儿被人杀害了。

那天，披头散发的刘执哭得双眼红肿，面容憔悴，像个疯子，录口供说她跟朋友打麻将到深夜，后来又喝了一些酒，女儿就在家里看电视。凌晨下起暴雨，刘执回到家正想躺床上睡觉，突然想起身边没了女儿，心里无端一咯噔就去各个房间找，结果在小卧室内看到一片血迹。当时刘执吓得酒意全无，沿着血迹终于在卫生间里看到女儿躺在浴池里：黏稠的血液顺着割破的手腕淌了一地，已经没了气息……

看到那一幕，刘执当即就昏倒了。

这桩看起来十分像自杀的案件，警察起了疑心，据刘执说这孩子平时开朗阳光，学习刻苦，懂事乖巧，根本不可能自杀，一定是谋杀。还没有录完口供，当天下午衣群就失魂落魄地冲了进来，哭着喊着女儿到底怎么了，看到刘执，衣群突然火冒三丈，上来就一耳光，刘执被打倒，扑上来哭喊着还手，却被警察拉扯开了。衣群扑通一声跪在地上，仰天长啸："作孽，作孽啊！"

案件发生了一个多月，尸检报告迟迟没有出来，也没有任何的有效线索。那些天刘执像个精神病人一样，神情呆滞地搜集证据调查凶手，虽然没有根本的突破，却也发现了一些细微的证据。比如那天夜里家里房门一直紧锁，不可能有外人进来，从作案工具和留下的线索来看，这天衣无缝的设计怎么可能是外人所为？难道真的是女儿自己杀死自己？心里刚泛起这种念头，刘执马上给自己喊了停，怎么可能！

衣群那边也颇受打击，办了女儿的葬礼整天郁郁寡欢，所有的错都归于自己，悔恨不已。好在身边有可人的芦绘，细微的呵护让衣群慢慢想开，情绪有了回转。

刘执曾找过衣群几次，有次看到芦绘，两人对视数秒，彼此的眼神都很奇怪。刘执说有话要跟衣群说，衣群怕芦绘误会，说芦绘不是外人，直说没事。刘执冷笑一声，什么都没说就走了。

案件发生后的第二个月，有次刘执在收拾房间时，突然发现床底下一个木盒子，拿出来一看，顿时吓得六神无主。这盒子分明就是当年杨荔谋杀衣群的工具啊，怎么会在这里？她让自己平静下来，认为一定是巧合，与此同时，她一下子就想到上次见到那个叫芦绘的姑娘的眼神，还有那浅浅的一笑，别人认不出来，她却记得清清楚楚：这个人……这个人……就是……杨荔！

但杨荔五年前就已经死了啊！大火烧成那样，鬼都烧死了吧。想到这里，她突然吓得脸色煞白起来，难道当初衣群并没有掐死她……她只是暂时昏迷……而大火也没有烧死她……不过是将她毁容……她……她整了容回来报复？

这毫无根据的推论，让刘执吓得一屁股坐在地上，她不敢继续想下去，但摆在眼前的事实越来越清晰，让她明白这种推论很可能就是事实。芦绘一定就是杨荔，她一定是杀掉女儿的凶手！

想到这里，刘执黯然地流了会儿泪，为女儿的无辜被害心如刀绞。

（七）

当天晚上大雨滂沱，刘执陷入了狂躁，最终理智没能压制住报复的冲动，她穿着一身便装，拎着那个木盒子走进雨中，像个幽灵般前往衣群家做新旧账最后的清算。

刘执走在路上想过如果揭开谜底，衣群反过来帮那狐狸精对付自己，那就把他一并杀掉，毕竟在这个节骨眼上，她只能如此了。但她认为这样的情形应该不会发生，那死去的女儿也是衣群的亲骨肉，于情于理衣群都应该和她一致对外，联手解决掉这个可怕的女人。

人算不如天算，刘执穿着一身雨衣刚刚走上衣群家的楼梯，电话就响了，她按下接听键才知道是警察。

警察传她去警局一趟，刘执说暂时不方便，警察就坦白相告，说有人送来罪证：一双高跟鞋和一些录音，高跟鞋是刘执的，而小女孩被害的头部也发现了一个高跟尖的痕迹，而那天刘执正好穿的是那双鞋出去的，所以他们判断刘执就是最大的嫌疑人，还有刘执和一个心理医生的对话的录音。除此之外，警察补充道："你在录音中承认你有心理问题，所以种种罪证加在一起，你应该没什么话好说了吧……当然，没有立即采取行动，是因为法律外也有人情，小女孩是你的亲女儿，所以如果你能自首，法律能网开一面……"

贼喊捉贼，没想到这个五年前死去的女人竟然也保留着五年前的录音，自己在利用那录音的同时对方再用……这是不是报应？而对于高跟鞋，刘执心里也很清楚，当初衣群一下子给她买两双，一双她穿了，另外一双就放在衣群的家里，那天芦绘作案，一定是穿着那双高跟鞋嫁祸于她，这样精心设计的杀人嫁祸，简直比当年她的技高一筹。

后面的话刘执没有听完，她只觉得自己始终像个设局的傻子般被人狠狠嘲笑了一场，那女人的面孔在她面前变得越发扭曲可恶。刘执完全失去了理智，猛地挂了电话，气得脸色铁青。

刘执不敢犹豫，马上从箱子里拿出那把匕首，心跳加速气喘吁吁地拼命往上爬楼，这是她最后干掉那个女人的机会。然而，这时刘执的耳边隐约传来警车的鸣笛声。真是怕什么来什么，可一定要给自己报仇的机会啊，刘执身体开始哆嗦，踩着楼梯，飞快往上攀爬。

当刘执惊慌失措地终于来到那扇住满仇人的房门前，她没命地敲打着衣群的房门，一下比一下沉重，却始终没有人开门。

这时，警笛声越发刺耳，刘执的手都敲破了，门却纹丝不动，她想这对奸夫淫妇一定是逃了。刘执猛然转身跑到楼梯间的落地窗前，往下一看，所谓无巧不成书，此时的芦绘正揽着衣群的手臂走出楼道，果然不出所料。

外面细雨已经停了，马路上湿漉漉的，空气清爽，警车慢慢包围衣群，刘执突然有种呕吐的冲动，眼睛一红，脑子一热，嗷了一声冲向落地窗，纵身一跃，随着啪一声，刘执的身体压着另外一具尸体像被摔碎的番茄血肉模糊地拧在一起……

等到衣群清醒过来，警察已经将刘执和芦绘的尸体抬上了车子，一名年轻的警官冷峻地走向衣群，将冰冷的手铐递给了他……

审讯整整进行了一夜，到了黎明，真相大白，衣群才觉得这场不明就里的噩梦慢慢清晰了，这场五年前的刑事案件，原来警察一直在调查，终于破了案，这样的结局却是所有人没有想到的。

原来，当年杨荔的确有隐情，她并不是单纯意义上的受害而采取报复的始作俑者。

（八）

故事要从杨荔在另一座城市的生活讲起，五年前杨荔有个有暴力倾向的男友，有次两人驾车出去，路上男友再次对杨荔辱骂殴打，杨荔忍无可忍，突然反抗扑上去跟男友打了起来。车子撞开护栏，滚进沟壑。等到杨荔醒来，男友满头是血已经死去，为了逃避责任杨荔偷偷逃到另外一座城市生活。

原本以为美好生活重新开始，却偏偏遇见了衣群，而衣群又跟她前男友长得十分相像。爱与恨之下杨荔控制不住欲望和恐惧，竟然和那时的衣群同时乘坐那班 77 路公交，目的就是接近这位跟前男友长得一模一样的人，而车上使用手机也是杨荔故意套取联系方式的手段。

至于后来那天杀掉衣群则是杨荔计划之内的，她很享受从前的回忆，但也知道这个人太可疑，如果真是前男友，那她一定会被他害死，不如先下手为强。那天杨荔把衣群灌醉，看对方已然昏睡过去，就拿出匕首实施谋杀，没想到却被衣群反制住掐昏过去。

等到杨荔醒来已然大火弥漫，她死里逃生，也算是命不该绝逃了出来，却因此毁了容。

整容过后的杨荔很长时间无法接受这件事的发生，得了抑郁症。五年后，她打听到衣群目前在一家培训机构做老师，于是故意应聘成为同事，开始实施了蝎子般毒辣的报复。

她先是杀掉刘执的女儿，再去干掉刘执，然后就跟这个又爱又恨的男子平静地生活下去，把真相永远埋入地下。然而人算不如天算，杨荔没想到最终没能逃过命运轮回的报复。

真相重见天日，衣群没有那种撕心裂肺的痛苦，灵魂反而像挣扎着浮出了海面。

深牢大狱，衣群迈着扣着脚镣的步伐一步步走向牢房，朝阳射进来，犹如一把利剑，将他棱角分明的五官刻画得十分冷峻可怖。这时的衣群无声地笑了起来，是那种从来没有过的轻松大声的笑，他感觉脊背上的那个生硬的倒刺慢慢融化开来，五年来他终于能昂首挺胸地走路了。

关于箴言：

一切都是最棒的安排，
小清新教我无邪，
女王范赐我热血

CHAPTER
FIVE

我的鲜肉时代

20
>>>

风花雪月不肯等人

2003年4月1日，张国荣跳楼自杀。我在为没能完成愿望去听他的live演唱会悲痛欲绝时，我的初中同学午群将县城所有大大小小音像店关于张国荣的磁带和光碟横扫一空，然后在学校门口、男生宿舍、广场等地方摆摊子，高价卖给那些要死要活的铁粉儿们。

我跟午群的关系不错，主要是因为我羡慕他懂得相术和堪舆，据说他祖上先人曾是宫里的风水师。我给午群买了一包熊猫烟，他给了我几盒张国荣绝版的磁带，他告诉我，张国荣其实可以不死的，他被人借了寿命。

我吓得当即一激灵，追问他到底怎么回事，他摇摇头说，天机不可泄露。

这件事一直压在我心底，年底梅艳芳因病去世，午群又拿出同样的套路大赚了一笔，赚得口袋鼓鼓。当然，作为兄弟他要分给我一杯羹，我拒绝了，只问他梅艳芳不会也是被人借寿而死的吧？午群点点头说，这件事你知道的越少越好，而且千万记住，一定不要随便把生辰八字告诉别人。

这件事吸引着我，我时常想要用一些零食去贿赂午群，想要得到一些玄之又玄的玩意儿。有关面相、手相或者性格与命运的问题他都详细解答，唯独问到关于借寿他就会立即打住，将我推开，说走开走开啊，你要真感兴趣自己研究吧。他从抽屉里拿出几本有关风水的书给我，说自己研究，上面写得清清楚楚。

在我被那本相术书籍里密密麻麻的符号整得晕头晃脑的时光里，午群家里发生了一件大事。

午群的爷爷突然得了重病，眼看马上一命呜呼，家里人聚在一起，商量了一夜，没有提及后事，而是据说要逆天施法，借寿帮助爷爷多活几年。

我曾经听午群说过借寿的概念，大意指的是某人在尊长或关系亲密者病重时祷告于神，愿减短自己的寿期以延长病人的寿命，关键环节是一定要有人，多是晚辈或平辈来减少自己的寿命去补给借用之人才行。

我问午群那不会是你们家人一起帮老爷子增寿吧？午群脸色不好，没有回答我，自那次之后，午群好几天没有来上学。

我心中一直惴惴不安，脑海中不断地闪现着午群一家人聚集在庙堂，点上蜡烛，摆上供品。然后光线摇曳，乌云密布，天旋地转，一家人披头散发地又蹦又跳，突然午群用木剑猛地一挥，老爷子唰地一下站起来，从此成了一个正常人……

然而想象与现实大相径庭。我听一个同学说午群的家人还没动手施法，他的爷爷就去世了。死亡的版本很多，一种说是自杀，原因很简单，老爷子知道天命不可违，又不想连累子孙，就选择了一了百了。还有版本说，午群一家人就是神经病，老爷子已经病入膏肓了，没有存活的可能，这番折腾反而减少了老爷子的寿命。

正当流言遍布学校，我想见到午群追问他事情的来龙去脉，却没机会了，午群再也没来读书。他转学了。

我以为这辈子和午群相见的机会应该寥寥无几了，没想到几年后，他摇身一变成了和我同所大学的校友。

那些天，我们推杯换盏，特饮豪饮，这小子比以前长得黝黑结实了，说话也变得比以前得体有分寸了。他还有一个娇小的女朋友，但唯一没变的是对相术的迷恋。

大概以前我们之间无话不谈，到了大学竟然也是臭味相投，经常一起喝酒，逛街淘古玩，打双人台球，他为人仗义，有次我在校外被小流氓欺负，按住我掏我口袋劫钱，他路过想都没想，抢起砖头就拍了上去……

那次他为我挽回尊严，时至今日他那种肝胆相照的态度仍深深感动我。

后来临近毕业，听午群说，他的女友催着他要结婚，午群有点抓狂，但两个人走过大一的青涩，大二的疯狂，大三的冷静，最后到了大四成熟，应该修成正果了。我见过那姑娘，温柔、踏实，对午群死心塌地，是不错的结婚人选。

那段时间午群很忧郁，我看得出他有些焦虑，他害怕不能给姑娘很好的生活，但他的性格大体是干脆、豁达、有担当的。那天他喝到脸色涨红，一身酒气，一下子站起来，冲向弹唱歌手的旁边，抢过话筒，对着热闹非凡的夜市大喊："老子要结婚了，结婚了，结婚了……"

午群说到做到，他答应女友等一拿到毕业证就去领结婚证、订酒店、办婚礼。但人算不如天算，毕业前发生了件骇人听闻的事。

午群宿舍有个同学的钱丢了，一万多元，那个时代算是一笔不小的钱了，而种种迹象都指向午群，因为其他同学都有不在场的证明。那些日子正好其他同学出去实习，午群自然被流言钉在十字架上，成为最大嫌疑人。但午群一口咬定自己没有拿，可能他的脾气暴躁，说着说着就跟丢钱的同学呛了起来。这件事很快闹到了学校，系主任决定严查此事，一定要还给双方一个公道。

那段时间，午群的信誉受到了影响，同学私下里议论他，女友也对他产生怀疑，在那段他极其郁闷的时光，我经常陪他喝酒。有次他喝醉回宿舍，被丢钱的同学明嘲暗讽，压不住火气，就一把将对方从上铺扯下来一顿狂揍，此事过了好几天，丢钱的同学突然跳楼身亡。

这下子事情就闹大了，午群被所有人当作魔鬼看待，警察也来学校找他录口供，女友终于在一次吵架中宣布跟他分手。他找过女友几次，脾气不好，说话难听，折磨得女友快要崩溃，终于在一个晚上姑娘哭得稀里哗啦告诉午群说她马上就要结婚了，新郎并不是他，让他快滚。

那段时光成了午群最难捱的时光，每天出入学校办公室，又被同学奚落，白头发都冒了出来，人一下子老了好几岁的样子。可是他从来不跟我说他内心的痛苦，只是在喝醉的时候，会突然抱头痛哭。

丢钱事件直到毕业前的一个晚上才水落石出。

原来自杀的那个同学，有次将钱锁在了他平时备考的抽屉里，那时他考研压力大，精神一度出了问题，忘记了此事，后来有同学撬开抽屉发现了这个秘密。

真相大白后，午群被洗清了罪名，却失去了女友。

次年6月份午群收到了女友结婚的请帖，我怕他一个人在出租房里想不开，就跑过去安慰他。午群将自己锁在房间里，我敲了大半天门，他才神神叨叨地将门打开。

我刚想说话，午群猛地看向我，做了个噤声的动作，这时我才看到房间里摆满了道士施法的道具。午群拿着一把桃木剑，嘴里念念有词说，他要将女友抢过来，女友被狐狸精迷住了。他要斩妖除魔。

我对他无话可说，想劝他其实一切不是想象的那样，可是他不给我机会。我看了下时间觉得再这样下去不行了，一把拉住午群说，你该醒醒了，她一直在等你。

他不听我的劝阻，说要借寿，来继续他和女友的爱情。午群像走火入魔般一把将我推到一边，然后像香港电影里捉妖的道士一样，端起瓷碗，吞了口水，喷向空中，桃木剑猛地朝水上一刺，剑锋上马上燃起火苗来。

我吓了一跳，退步三尺。

我觉得午群彻底疯了，一巴掌抽过去，他像电影里被定格的人物，我大声告诉他说："你就是个傻子，她后天就结婚了，但她爱的是你，她要我带话给你，爱她的话，就去把她给追回来，她等你……"

午群愣住了，呆呆地望着我，整个人像突然注射了镇静剂的野兽，嘴里碎碎念："她这个婊子，爱我为什么要嫁给别人，分明就是个骗子。"

我告诉午群，姑娘并没有想要移情别恋，只是她的父亲和对方家庭有生意合作，一来二去变成了逼婚。

午群久久说不出来一句话，桃木剑啪嗒一声掉在地上，他一屁股坐在地上，号啕大哭："嗡嘛呢叭咪吽……嗡嘛呢叭咪吽……嗡嘛呢叭咪吽……嗡嘛呢……"最后几个字含混不清，我分明听到了"我爱你"三个字。

那天晚上，我和午群喝酒到深夜，他终于将多年前发生的事告诉了我。

　　原来午群的爷爷当年的死另有玄机。爷爷生前几个孩子都不孝敬，只有午群一个人对爷爷好，爷爷也一直最宠他。后来爷爷生病了，对孩子失望，决定把名下的房产变卖了捐给希望工程。这下子儿女们着急了，就想出借寿的方式感动老爷子来因此得到房产，但真正要做时所有人都假模假样，只有午群一个人真心想要将寿命分给爷爷一些，因为他想要留住爷爷，留住这世界上最爱他的人的时光。

　　我听完有点哑然，多年前旋绕在我脑海的神奇竟然是这样的版本。

　　午群说，这世界上最爱我的就两个人，一个是爷爷，一个就是女友。

　　午群说，小时候，爷爷帮我抓蜻蜓，逮河蟹，将我扛在肩头去看社戏，在葡萄树下给我讲鬼狐精怪，上学还偷偷塞给我零花钱，有爷爷在的日子我觉得我就永远不会长大。这种感觉，你也有过吧？亲人离去的伤痛，是无法愈合的。

　　午群说，女友懂我，宠我，凡事为我着想。可是我很自私，她却从来没有想过离开我，我对不起她，我不能失去她，我明天就要把她找回来。

　　午群说，我总是在失去的时候，才会努力地想要挽回，想要抓住以前的时光。其实，如果在有生的日子里，尽管风花雪月不肯等人，但只要懂得珍惜二字，也就是不白活这一生。

　　午群还要说，我叹息一声，说，天黑了，我们去喝酒吧。

午群说，等一等，你帮了我，我也要帮你一次。

我一愣。

午群站起来，一个燕子翻身，单手拣回桃木剑，大喝一声："嗡嘛呢叭咪吽，嗡嘛呢叭咪吽……还我朋友大好时光来……"

我："……"

21

小清新教我无邪，女王范赐我热血

2016 年七夕，我的朋友柳丁失恋，跑去烧烤摊子吃烤串，一下子点了 100 多串，烤得老板脑袋冒烟。

柳丁一边哭，一边就着啤酒吃烤串，样子既心酸又猥琐。

后来烧烤摊又来了一位姑娘，褐色大波浪，烟熏妆，小巧玲珑的样子像当年痞气的张曼玉。

姑娘一下子也点了 100 多串，烤得老板娘脑袋冒烟。

姑娘一边哭，一边就着啤酒吃烤串，样子既心疼又萎靡。

柳丁眨巴着眼泪，看姑娘和他惺惺相惜的样子，就大胆提出拼一桌。

姑娘说，有个穷矮搓狂追她三年五载，我都没有看一眼，最近老娘找了个高富帅……

柳丁说，打住，你多大？

姑娘说，我93年的。

柳丁说，哦，继续。

姑娘接着说，这狗屁穷矮搓嫉妒了，上来就说老……老姐我和他睡过好多年，大好的情人节，被狗东西给糟蹋了。

柳丁轻蔑一笑，摇头喝啤酒，完全不顾自己眼角还挂着泪。

姑娘微怒，你笑啥？

柳丁说：这些话要是能传到高富帅的耳中，你应该检查一下你是不是找了假的高富帅。

姑娘呆住了，出神地凝望着柳丁。

姑娘说，要不是假的呢？

柳丁说，那这高富帅除了高、富、帅之外，基本没啥了。

姑娘呆住了，灵魂出窍似的凝望着柳丁。

姑娘不死心，要是除了高富帅，名望、学识和才华一样不少呢？

柳丁接得利索：那是别人的老公哈哈哈哈哈。

……

总之，一番对话，柳丁像一部死机的手机，插上电板，按下开机键，程序瞬间自动运行。

姑娘觉得柳丁就是解开她人生之谜的贵人。

那一夜两人喝到路灯熄灭，天色发白，才滚回去睡觉。

姑娘叫秦椒，比柳丁小10岁，是网络主播。

自从那次阴错阳差的撸串之后，秦椒隔三差五地叫柳丁喝酒聊天，大概缘分使然，两人聊着聊着就聊出了感情。

柳丁觉得剧情太狗血，但大多数爱情，不都是从耍嘴皮子的狗血开始的吗？

尽管这样，世故的柳丁还是觉得秦椒太小，虽然她的《爱情转移》唱得荡气回肠，但是现实中的爱情转移转得还是有点快。

但秦椒就是秦椒，完全不给柳丁的隔代必有隔膜任何解释，马上霸占他床铺的另一边。

那一晚，柳丁不是处男，却第一次被人强睡了。

柳丁醒来后那一早上，觉得像一场梦，仰天长啸：这世界还能再开放一些吗！

而更加不可以思议的是，当娃娃音的秦椒响彻整个房间时，柳丁竟然入戏了。

几个月后，我跟柳丁烧烤摊子撸串，柳丁像变了个人。棕色头发，柠檬色卫衣，破洞九分裤，说话快人快语，做事手起刀落。形象简直是180度大转弯。

柳丁跟我说，不行了，我觉得我不喜欢她，更谈不上爱她，但我们在一起快三个月了。

我问他到底想说什么。

柳丁说，不行了，我觉得我不喜欢她，更谈不上爱她，但有天晚上没听到她撒娇哭闹，瞬间觉得自己老掉了。

我问他到底想说什么。

柳丁说，不行了，我觉得我不喜欢她，更谈不上爱她，她卖萌，耍赖，没心没肺，让我追当下的小明星，让我穿嘻哈情侣装，染头发，走大马路跳到我腰上拥抱我，我简直要疯了，每次我嘴上说不，可是心里却一直想要。

我问他到底想说什么。

柳丁说，不行了，以前我觉得我不喜欢她，更谈不上爱她，可是现在，我好像喜欢她了，甚至开始爱她了……

我说，老板，再来两盘蒜泥龙虾，我朋友结账，他今天有喜事。

柳丁突然哭了。

我说，开心也得换个地方。

酒尽后，柳丁醉得一塌糊涂，我结了账，将他扶上出租车。

那天晚上过后，我以为柳丁会在单身户口上销户。

没想到，事情并不如我想的那般美好。

几个月后，同样的地点，同样的天气，柳丁眼泪汪汪地跟我说，一切都完蛋了。

我有不祥的预感。

原因是，他和秦椒大吵一架，秦椒将所有的东西拿走，分手了。

这一次，柳丁不跟我说原因，只是重复之前的话。

我觉得我不喜欢她，更谈不上爱她，但我们在一起快三个月了。

我觉得我不喜欢她，更谈不上爱她，有天晚上我听不到她撒娇哭闹，仿佛自己瞬间老掉了。

我觉得我不喜欢她，更谈不上爱她，她卖萌，耍赖，没心没肺，让我追当下的小明星，还让我穿嘻哈情侣装，染头发，走大马路跳到我腰上拥抱我，我简直疯了，可是好像每一次我嘴上说不，心里却一直想要。

我觉得我不喜欢她，更谈不上爱她……可是后来我觉得好像喜欢她了，甚至爱她爱到不行了。

我有点急躁，骂道，你丫能说点有用的吗？

柳丁咬着骨肉相连，眼泪吧嗒吧嗒地下来了。

我最终没能知道他们分手的原因，只是我感觉柳丁比任何一次恋爱都要更加用心。

柳丁沉默不语，任由眼泪横流，样子滑稽而可怜，年过三旬的他好像瞬间老了十岁。

后来很长时间没有再见柳丁，终于有一次我接到他的电话，他说要请我吃饭，我听出他的状态不错，就赴约了。

柳丁染回了黑发，穿回了正装，说话字斟句酌，动不动就沉默。我知道他又回来了。虽然我很盼望他能回来，但更希望他就此有一个安稳的归宿。他以前谈过一个女友，比他大五岁，是那种君临天下的女王范。柳丁想着大点没关系，最起码吵闹时会圆场，假期时会做可口的食物，天冷了知道提醒加衣服，累了想要放弃会陪你大醉一场告诉你生活还得继续。柳丁应该从没想过和她分开。

事实上，两个人恩恩爱爱，眼看就要步入婚姻的殿堂，一切美得像肥皂剧里大团圆的最后一集。然而就是这样的节骨眼儿才容易出事。

柳丁偶然发现女友竟然和前男友有说不清道不明的关系。

那是在结婚前一周。柳丁订好了酒店，给所有朋友发了请柬，却没想到这样的结局。

按常理说，姑娘到了这个年龄，感情的事早就看开了，这样没脑子的事情应该不会犯，可是偏偏这样的无意之举造成了这段感情难以挽回的误会。

柳丁主动提出了分手。尽管姑娘解释说就那么一次，还是男方主动，她并没有做对不起柳丁的举动。然而柳丁眼里容不得沙子，第二天就退掉了下个月的酒店，退掉了选中的婚床和西服。下面的情节，不过是挣扎，哭泣，解释，原谅，崩溃，该发生的一样不少。

两人最终没能在一起。

柳丁翻翻以前的回忆说，她教会我为人处世的道理，她树立我做男人的威严，她将最好的机会留给我，在身后默默为我加油，她孤注一掷只为了能够帮我处在安稳快乐的那一端。但这样的爱情，我却丢下了。

说到这里，柳丁没有哭，他说这世界上有种刻骨铭心的痛，是终于无法再流出眼泪。

朋友劝他应该多看看外面的世界，一切都是崭新的，大不了天涯何处无芳草，这个不行咱再找。

柳丁不住地点头，嘴上却说，是的，以后我会遇见更好的，过了今天一切都是崭新的，但是老子为什么偏偏念旧。他妈的。

但无论怎样，天黑了，总会亮的，酒喝完了，总会重新注满的。柳丁失去了女王范，还会有小清新。失去了小清新，还会有大御姐。失去了大御姐，也会有小萝莉，在对的时间里等待那个对的他，从来不会迟到。就算统统失去，转个身，抬个头，身后还有帮胡吃海喝疗伤治愈的朋友。多么仁义的生活。

每个人都会遇到这样的经历。想出去玩，翻翻日子却是周一。想要写点字，抖抖精神却没有词句。没有什么天与地，相爱的人总会切掉距离，我要我们在一起。

所以，遇见小清新不要说女王范太老套，撞上女王范不要嫌小清新太胡闹。每个人都会遇到和自己不同的边边角角，我们扣在一起，才能严丝合缝，组成花好月圆呢。

22

>>>

睡前请讲白雪公主

　　朋友要和老婆出国度蜜月，决定把孩子交给我照看。我跟他说，我和小孩子的相处极其恐怖的。他说怎样的恐怖。我说，一般被我管过的孩子，要么下次见了我就像狗狗看到骑摩托的屠宰师傅，要么像只树懒跳到我腰间喊我亲爸爸，原生老爹只能沦为路人甲乙的宿命。

　　听这样的话，有要求的朋友一般嘿嘿一笑，全当我是神经病就没有下文了。

　　我等待着朋友吓得嗓子眼咕噜一声，落荒而逃。

　　没想到朋友淡定地说："没关系……我就喜欢搞事情的孩

子……你可以教他写作文……唱歌……游泳……写诗……逛街……打游戏……当然能成为孩子干粑粑最好不过了……总之……"

"总之什么啊……你不知道我每天很忙啊……你有没有同情心啊……你以为我这里是托儿所啊……你想没想过……喂喂喂……"

电话那头传来嘟嘟嘟的声音。

我挂掉电话,心头乌云密布。

这时,门铃响了,我预感要出事情。

果然,门口站着一个锅盖头、大脑袋、大眼睛的小孩。

我问他哪位,他喊了声叔叔好,直接杀闯进来,撞得我原地打转 360 度。

对大人来说,沉默是金;对小孩来说,沉默是魔鬼。我觉得小孩来者不善,更加努力地写剧本,决定给他个下马威,让他举手投降,说不定还能成为我的小保姆。

然而一集剧本写完了,我去厕所,路过卧室看到孩子正伏案写作业,似乎早已忘了我的存在。

我心里松口气,觉得是自己想太多,这世上乖巧的孩子比比皆是,我不过遇到了千千万万中的一个。

傍晚,我给孩子点了鳗鱼饭,自己点了排骨饭。吃完后,洗刷、关灯、睡觉,还是一句话都没说。

我心里有点犯嘀咕,但仍庆幸太平盛世,不然呢,总比遇到一个国产的小鬼当家好吧。

最后还是出事了。

刚睡下十分钟，锅盖头在床上猫狗打架，我想他在做梦。

十五分钟后，锅盖头在床上丧尸大战，我想他在做梦。

二十分钟后，锅盖头在床上和我大战，我说他在……哦，不，他压根儿没睡好吗！

我拧亮灯，怒火中烧，决定给这熊孩子来个思想和肉体的双重教育。然而灯光下，孩子眼泪汪汪的，我一脸蒙圈。

"你太冷了？那，给你丝绒被！"

锅盖头摇摇头。

"你饿了？那，我给你下面条！"

锅盖头摇摇头。

"你要女人……呸，我在想什么！"

"我要听白雪公主睡觉！"锅盖头一字一顿地说。

我感到脑袋瞬间被万只穿山甲占领，眼睛眯得成为一条线段，一字一顿地反问道"Are you sure honey？"

孩子马上就要哭了。

我不能思考了："好好好，白雪公主是吧？"

我打了个哈欠，甩甩脑袋说："金莲初入西府，月娘但看她生的 25 岁，极为标致，眉似初春柳叶，常含着雨恨云愁，脸如三月桃花，暗带着风情月意，纤腰袅娜，拘束的燕懒莺慵，檀口轻盈，勾引得蜂狂蝶乱……"我正在抒情，突然看到孩子皱着眉头望着我，我打了自己个嘴巴子，哎呦，我在说什么！

我清空下脑袋，学着小学语文老师的腔调："从前在遥远的一个国度里，住着一个国王和王后，他们渴望有一个孩子。于是很诚意地向上苍祈祷……祈祷……祈祷……"

我脑子瞬间空白，马上明白，我认识白雪公主，白雪公主不认得我。

换句话说，我根本不知道白雪公主到底是一个什么样的故事。

……

"上帝啊！我们都是好国王好王后，请您赐给我们一个孩子吧。不久以后，王后果然生下了一个可爱的小公主，这个女孩的皮肤白得像雪一般，双颊红得如苹果般，国王和王后就给她取名为白雪公主……"

锅盖头接着我的话头，在我目瞪口呆中，用了十分钟将故事完整地讲完，而我感动地在锅盖头的怀里睡得香甜无比。

假的啦！我打了哈欠说，觉得这锅盖头比我还神经，说："那，白雪公主被你自己讲完了，可以睡了吧。"

锅盖头拉着我说，还有故事要讲，眼神十分严肃，我突然觉得这孩子太诡异，很可能是格格巫派来的！

我计划将我多年收藏的"还我漂漂觉"的故事拿出来制服锅盖头，没想到接下来我听到了本年度最质朴最动人的故事。

锅盖头告诉我白雪公主的故事是他妈妈讲给他的，他妈妈的童年就住在这个故事里。

锅盖头的妈妈出生在一个小镇，那个小镇典型是画上出来的，白昼有迎风摇曳的麦浪，入夜有交织飞舞的萤火虫。20世纪70年代的农村，物质匮乏，生活简单，人美，物美，世事美。

妈妈有个外婆，外婆喜欢古诗，有段时间迷恋成语"盈盈秋水"，就给孙女起了名字叫盈秋。

盈秋爱听故事睡觉，尤其爱听白雪公主的故事，在那个没有电视、手机和手游的年代，外婆的故事陪伴着盈秋的童年一起进入梦乡。

后来梅雨季节，整天整夜地下雨，外婆消失了一段时间，回来时患上了咳病。

在那间简陋温馨的砖瓦房里，外婆的故事停停顿顿，起承转合充满了坎坷。

外婆的呼吸像破烂的风箱，却停止不了给盈秋讲故事的使命，因为听不到外婆温软的词句，盈秋就睡不着。

再后来梅雨更大了，凶猛地涨水，似乎能把整个镇子吞掉。

那段时间外婆终于消失了，取而代之讲白雪公主的人变成了盈秋的妈妈。

外婆被告知去了山那边看病，很快就归来，于是盈秋就在妈妈不动听的故事氛围中想像着外婆突然推开门，说："盈秋，看，外婆给你买了花衣服……"

然而美梦破灭，盈秋没有等来外婆，却等来了一个镶满花纹的木质相框。

外婆就住在那个相框里。慈爱，端详，似乎一张口就能换来白雪公主，换来五彩缤纷的童年。

盈秋从此脾气火爆，她哭闹着要外婆，她觉得外婆不可能撒谎，她不会抛下她一个人度过漫长的黑夜。

妈妈焦急万分，她学着给盈秋说灰姑娘，唱南泥湾，给大白兔糖，甚至将春节做的新衣服提前发放，统统无济于事。

最终，妈妈拿出了一台录音机，红着眼圈说："呐，外婆就住在这里面。"

盈秋欣喜若狂，以为按下播放键就能像童话故事里那样，外婆马上现身在眼前，抚摸着她的头发说"从前有一个……"

然而录音机并没有唤回外婆，扬声器里传来吱吱呀呀的噪声。看来带仓里的磁带坏掉了。

盈秋不死心，拿着录音机想要将它修好。可是这样一台索尼牌录音机几乎是镇里的稀罕物，大家见都没见过，哪里有人修得好。

在盈秋绝望之际，镇子里的裁剪奶奶出现了。

裁剪奶奶是外婆的好朋友，她们从年少走到暮年，她的眼睛里有外婆一样的温柔和故事。

裁剪奶奶放下手中的针线，递给盈秋一小瓶香槟，说："孩子，我知道你心里苦，你想问什么就问吧。"

盈秋止住眼泪，终于问了外婆生病的那段时光，当然，那也是裁剪奶奶最想说的片段。

外婆得了哮喘，时日无多，她虽历经世事，早已看透生死，但还是害怕撒手而去，因为担心盈秋，担心一旦她走后，盈秋从此不能安然入眠。

焦急之下，外婆想到了那台由曾祖父从日本带回来的录音机，可是这样的录音机，学会播放已经了不起，谁懂得怎样将人声收集起来加以储存，将思念的人的音容笑貌顿时送到眼前呢？

外婆不死心，她问遍当时时髦的人家，一家一家地跑，没有一丝收获。

就在外婆失望而归之时，她注意到了那帮横行霸道每天骑着自行车打来打去的小混混。他们打扮时尚、前卫，会不会见过这种东西呢？

外婆走上去，向混混们说明自己的请求。平时活在被大人瞧不起的世界突然被委以重任，混混们像是抓到一道光，马上围上去七嘴八舌地研究录音机的使用方法。

可是，又失败了。

但是混混之中走出来一个穿牛仔背心的家伙，他结结巴巴，话都说不清楚却拍着胸脯跟婆婆保证："婆婆，我们混江湖的，帮人帮到底，我虽然不懂，但是我有个表哥，他在外地读书，最近他回来了，他一定可以的。"

外婆相信了牛仔背心，想都没想，就把录音机给了他。

然而半个月过去了，小镇仍旧不停地下雨，牛仔背心没有再出现。

又过了半个月，有次外婆去镇上拿药，路上看到两个人在雨中厮打。

外婆认得出来，那个被自行车压住的就是那个帮他问录音机的牛仔背心的家伙。

外婆赶走了那个大个子，将牛仔背心的家伙从地上扶起来，问他录音机在哪里？

牛仔背心一愣，想了半天突然拍了下脑袋，抹了一把嘴上的血迹说："婆婆，我想起来了，录音机我学会了，我拿给你啊！"

牛仔背心说完，跳上自行车，飞快地消失在雨幕中……

雨停了，牛仔背心终于赶了回来，他开心地从怀里拿出录音机递给等在杂货铺雨棚下的外婆。

录音操作很简单，洗掉流行歌曲的录音，将人声录进去，瞬间时光倒流。

外婆喜出望外，本来想要谢谢牛仔背心，可那个家伙留下一个坏笑，跳上自行车，又飞速地消失在雨幕中了。

那一晚，外婆像参加一场十分庄严隆重的会议，身着旗袍，淡妆敷面，烛光下打亮她一头白发，伴随着窗外淅沥的雨声，她字正腔圆地将她讲了无数遍的白雪公主的故事录进了那台破旧的录音机。

"那为什么录音机不能发出声音了？"盈秋红着眼睛追问裁剪奶奶。

裁剪奶奶接过录音机，敲了敲说，你还记得外婆把这台录音机放哪里了吗？

盈秋飞快地跑回家，当她在那个旧的橱柜上看到一片水渍时，瞬间，她明白了，外婆虽然小心地把录音机放进抽屉，然而梅雨季节的缘故，磁带发霉了。

　　故事到了这里，我心里有点沉重。

　　我问锅盖头那磁带是不是再也不能恢复了？

　　锅盖头摇摇头说，妈妈那些年找了很多师傅修理，都无能为力。二十年后，她遇到一个曾在国外留学的学电子的朋友，他看到录音机说，这老家伙，早就该退休了，不过也不是没有一丝可能。

　　一周后，盈秋再见到那个朋友，他幽默地说："亲爱的夫人，你该请我喝下午茶，因为我帮你完成了心愿！"

　　当时的盈秋心头一喜，拿上录音机，啪的一声按下播放键。

　　录音机里传来那个熟悉又温软的声音："……在遥远的一个国度里……住着一个国王和王后……他们渴望有一个孩子……于是很诚意地向上苍祈祷……上帝啊……我们都是好国王好王后……请您赐给我们一个孩子吧……不久以后……王后果然生下了一个可爱的小公主……这个女孩的皮肤白得像雪一般……双颊红得有如苹果……国王和王后就给她取名为白雪公主。"

23

>>>

亲爱的，你的婚礼我一定来

去年同学聚会，我上铺的哥们儿下个月要结婚了，他喝得一嘴酒气，抱住我说，兄弟，大学四年，除了那姑娘，我最在乎的就是你，一张床上屁股蹭屁股的也是你，无论如何，你得来。

我拍着胸脯说来来来，一定来，不来是孙子。

结果那个月，我正好在剧组，在剧组也没关系，请假不过两天，怕什么，然而我刚换上一套正装，执行导演就跑过来，气喘吁吁地跟我说，导演叫你，女一号要改戏，否则就订票走人了，我有点愠怒，执行导演拉住我说，救救场，拜托，就当帮哥们儿保个饭碗吧。

我叹口气走出去自言自语道，唉，我这次真是孙子了。

到了 6 月我回老家，曾经一起翘课掏鸟蛋捕虾米的好哥们儿过几天也要结婚了，他骑着一辆破电动车来找我，几年不见，他发福了，黝黑了，眼睛仍透着当年的赤诚和干脆。他递给我一支烟，说咱们这帮人都提前回来了，就你一个迟到了今天，位子都留好了，你不来，那瓶念小学就藏着的五粮液就不开了。

我拍着胸脯说来来来，一定来，不来是孙子！

结果那天正好驾校的教练打来电话说，丁啊，忘了告诉你，下午要考试，你得赶快来，学校约的呢，不能迟到。我放下擦皮鞋的抹布，愣在那里，想要给哥们儿打电话解释，拨了一半的电话又挂掉了。那天下午，烈日炎炎，我坐在考试车里，心里酸酸的，自言自语道，唉，我这次又成孙子了。

最尴尬的一次是今年 5 月，高中狂追我三年外加毕业后五年的姑娘也要结婚了（看来大家都是商量好的）。很多时候我都在想，我跟她之间与其说是暧昧不清的爱情，倒不如说是日积月累的亲情，很多次我删了她的所有社交号，只为了让她死心重新开始。我不想说我不是一个好男人这样的废话，我只想让她明白，喜欢一个人是一回事，和一个人度过一生又是一回事，我希望她幸福，而这个幸福我偏偏给不了。她比我大两岁，看着她给我发来的婚纱照片，平生第一次为对方的幸福而产生那种不加任何成分的幸福感。

这么多年了，这个了断对我们来说，无疑是最好的结局。

那天她未婚夫开车停在我家门口，她从副驾驶下来，打扮得像当初我们第一次见的那样，圆领碎花长裙，头发自然地垂下来，清秀得如同画上的民国女子。

我笑着像当年一样给她做鬼脸，她露出可人的表情，给我一个大大的拥抱。

她给我简单地介绍了她的未婚夫，这个男子也苦苦追求她三年，踏实谨慎，虽然少点浪漫，却是被大家推为最适合她的人选。我说她终于应了当初我们念高中时读的古诗：实迷途其未远，觉今是而昨非。不同的是，对于女孩子来说，有时迷途未必是迷途，今是可能是错误的今是，没有爱情的婚姻恐怕一分钟也过不下去的。但我相信，车里的那家伙一定会是个好男人，毕竟让未婚妻见初恋男友这样的事，只有男人知道它意味着什么。

临走前，她将一袋糖放在我的书桌上，说你喜爱的大白兔糖，以前念书时我从家里拿来给你吃。算是最后一次给你吧。我觉得有点难为情，想开口说你一定要幸福，她却突然转过身来，眼圈红红地望着我说，后天我就要结婚了，你一定得来！

我心里一酸，狠狠地点点头。她还想说什么，却没开口忍住了，我猜她一定知道这是最好的结局，或者内心存有更深的在乎，那就是不想要对方为难。我看着她走出门，背影煞是好看，而嘴边那句你一定要幸福终于要改掉了。

我说：感谢上天如此善待我亲爱的姑娘。

参加过最浪漫的一次婚礼是在巴黎香榭丽舍大街，我和一位姑娘去自由行，一对年迈的中国夫妇白发苍苍，他们在路上看到中国人就止步，说他们要结婚了，如果有时间，希望能去参加他们的婚礼。可是我们素昧平生，为什么要去参加这样的婚礼呢？后来老人告诉我，他曾是华侨，身边的戴眼镜的奶奶曾是他的初恋情人，几十年前，他来法国，种种原因一直没能回去，后来他就在法国安了家生儿育女，却从来没忘记当年月下诵诗花前许愿的恋人。一转眼人生走到迟暮，儿子成家，双方的伴侣都已去世，终于能够有机会牵手完成当年白首偕老的心愿了。只是时不待人，身边的朋友能联系的已经所剩无几，怀念祖国却也因身体欠佳不能回归故土举办中式婚礼，于是就想到了这样的方法。

如果说不能让亲朋好友全部见证，那么听着故土人的掌声，也算是一种家乡情结的达成吧。

老人神色激动地跟我说。

最后老人递给我一包红布包裹的糖果，还有一封手写的请柬。

请柬正面书写"喜上眉梢"，背面则有"如鱼得水"，烫金和红色的使用使得整个请柬充满喜庆气氛。我翻开请柬，只见老人字迹工整，用词妥帖，心里顿时暖暖的。

请柬内容如下

尊敬的××先生：

××先生与××女士结婚，荷蒙厚仪，谨订于××月××日××时喜酌候教 鞠躬致谢 席设××饭店

回酒店的路上，姑娘一直感动着，眼泪汪汪，还插科打诨地说，她要求不高，只要能有这样一半浪漫就行了，当然她要求也不低，无论错过多少人，却不能没有我。我装作不明白她的意思，想扯开话题，她就直截了断地问我，有没有跟她携手一生的准备。

这句话难倒了我。

我想过参加同学婚礼的急迫，想过参加前任婚礼的狼狈，想过参加富贵人婚礼的嫉妒，想过参加陌生人婚礼的温暖，唯独没有想过自己的婚礼会是怎么样。

姑娘追问我，如果一定要想呢？

我说，一定要想的话，我一定要比尔盖茨做司仪，航空母舰做婚车，白宫做婚房，英国国宴做流水席，招待每一个和我擦肩而过的人！

姑娘摇摇头说，别扯皮。

我说，如果……

如果我要结婚，我希望不要对她一次性地读完誓词，我要无限次地诉说浪漫。

如果我要结婚，我希望她不要哭，留着眼泪给每一个笑出声的日子。

如果我要结婚，我希望司仪变成哑巴，给我机会变得语无伦次，然后静静地望着她，沉默，沉默，再沉默。

如果我要结婚，我希望我不要喝醉，这样就能在那神圣的一夜看清她最美的样子，那样的陶醉会比酒精更美更热烈。

如果我要结婚，我希望我不要笑得像个男人，要哭得像个孩子，那些单独生活的日子，我和她都受累了，让我哭出所有的苦水，让我哭出幸福的模样。

如果我要结婚，我要拥抱她，抱到她成为我身体的一部分。

如果我要结婚，我要亲吻她，吻到所有的浪漫都被折服掉。

如果我要结婚，我要告诉她，嗯呢，是的，我爱你。

关于温暖：

我亲爱的傻瓜，
以后的以后，
你要过得比所有人都漂亮

◀◀◀

CHAPTER
SIX

我的鲜肉时代

24

你好李夏，我是五十年前的冯秋

冯秋和李夏认识是在 80 年代。那个时候他们念高中，冯秋会写诗，李夏会跳舞。年少时代，文艺青年最喜欢同类，于是他们就在相互欣赏下恋爱了。

冯秋曾为李夏偷过卖羊皮的老爹的钱。那时候，李夏的老爹生意失败，做了逃兵，留下孤儿寡母被人赌债在门口。冯秋上前理论，被打了一耳光。后来冯秋偷了老爹半辈子的积蓄为李夏家还了债。次年冯秋老爹大病，因为高额的医药费用负担不起而一命呜呼，这件事让李夏内疚一辈子。

可是冯秋没说过什么，因为他们俩结婚那年，李夏的老爹在深圳生意翻身，替他们买房置地，还供他妹妹读完大学，给母亲买了社保。虽然这婚姻有点倒插门的嫌疑，但冯秋每次想起老丈人那句，有啥可怕的，你是我儿子，咱一家人以后好好一辈子。觉得这是人生中最让他感动的事。

冯秋读完高中就去当兵了，而李夏则在地方一个话剧团做演员。他们频繁地来信，书写思念。李夏的追求者不断，她一概不理，冯秋在部队建功立业，就是想着有一天骑着高头大马迎接那个故乡的新娘。后来冯秋没有如愿，马上要提干的批文还没下来，部队裁员，他被复员了。而此时的李夏已经是干部身份。

大概是当年的感情太深，李夏顾不上流言蜚语就和冯秋住在一起了。有一次李夏母亲突然闯进李夏单位分的小房子里，冯秋正赤膊在卫生间洗衣服。母亲一把将李夏扯进客厅，当时李夏的心里哇哇叫，说完了完了，没想到母亲突然眼睛一红，说啥不好意思的，秋儿是个好孩子，既然都这么大了，就完婚吧。

结婚后，冯秋托关系，进了一家杂志社工作，每天朝九晚五，李夏单位常年忙碌，每天跑东跑西，忙的不亦乐乎。他们的生活就和大多数夫妻一样，有时会有一些摩擦，最后都是风平浪静。后来他们生儿育女，过上了最平淡的生活。时间一晃就是二十年，儿女读完大学都去外地参加工作，家里只剩下不到退休年龄的老两口，他们的生活节奏没变化，李夏讨厌早起，讨厌选择衣服，冯秋每天早上会为李夏准备好当天要穿的衣服。几十年如一日，今年流行了红色，李夏一低头就看见红色的短裙随风飘舞。天气要转凉，李夏一出门抻抻领子，身上温和的高领毛衣瞬间暖化她的心。当然，李夏也是细心的。冯秋不喜欢单位的伙食，中午回来休息，一掀开锅盖，总有变了花样的饭菜，一摸温度正好，后来有了微波炉，冯秋总觉得微波炉没有李夏给饭做的保温技术好，怎么弄的，他至今不知道。

但偶尔冯秋会很讨厌李夏。比如这么多年李夏每天晚上睡觉都要将脑袋缩在他的胸口睡，以前年轻冯秋觉得浪漫，到了这般年岁，他总是做噩梦，梦中有人将他扔入海底，怎么也浮不上来。冯秋提出抗议，理由找得很简单，说李夏好几天不洗头，味道难闻，不能再在他怀中入睡。这么大人了，李夏仍咧嘴撒娇说，她害怕泡沫进眼睛，还怕闭上眼被人用水浇脑袋的感觉，电视里很多好人都是这么被人溺水而死的。冯秋嘴上说着抗议，可是转头就忘了，下次再从恶梦中醒来时，只能嘴上哀怨叹息，伸手又不自觉地将李夏揽入怀中。

当然李夏也感动过冯秋。有一次冯秋和李夏去山上游玩，山坳中长了一棵结满红彤彤柿子的柿子树。李夏看到那些熟透的柿子，马上认定会好吃到让人想哭，就怂恿冯秋爬上去摘几只。冯秋以前在部队里练过攀爬，这点虽然不算什么，但毕竟年龄大了，柿子摘到了，却搭上了一条腿。幸好后来医生做了 X 光，认为只是韧带拉伤，骨头尚可，不必太担心。

冯秋住院的日子，李夏每天像匹勤快的小马家里单位医院来回跑，给冯秋送饭洗内衣讲家长里短。有一次冯秋出去散步，明明要拄拐杖，李夏非要背他出去到医院操场的长椅上。据冯秋回忆，他180厘米的大个儿被细瘦的姑娘背着穿过人流，简直臊死了。但他只有在李夏背上才知道，当年清秀可人的小姑娘后脑上不知何时已爬满了银发。那一刻，他有种说不出的痛，他以为她会一直是那个永远撒娇的小女孩。

事实上，李夏还真保留着小女孩的性情。那一年国庆，冯秋和李夏去成都旅游，在一个古巷里冯秋看中一个手工的木猴工艺品。冯秋想要买下，但要价太高，就忍痛割爱了。李夏提醒他这是流动小贩，你现在不买回头就没机会了。冯秋不听她的，转头就走。晚上回到酒店，冯秋洗完澡发现李夏不见了，打电话也没人接，着急之下，就想起李夏说他中午要尝试变态辣的烤串，体验者有奖励。当时冯秋觉得太变态，就制止了李夏。

冯秋顶着一团火打车去了那家店，到了店里老板说李夏来过，不过已经是几个小时之前了。冯秋急得马上要报警，警察却突然打来电话说，李夏就在公安局，让他过去领人。冯秋吓了一身汗，到了所里才知道李夏丢了手机和钱包，找不到酒店，冯秋一股火冒上来，开口就要骂李夏，可还没张口，李夏就哭了。她摊开手，手心里躺着浸满汗的那个工艺品木猴，一脸委屈地说，我看你喜欢，就回去买了。可是钱包被人偷了，我记不住你手机号的最后一个数字，打了半天崩溃了，后来就摸到了警察局，知道你一定会来找我的。你看，你喜欢的东西到手了。

冯秋听完，眼泪差点流下来，他一把抱住李夏，心里酸楚到不行。

这件事后的第二年，冯秋的母亲就去世了。那段时间冯秋总是走不出来，将自己关在房间里抽闷烟。他觉得自己作为儿子，对母亲十分愧疚。母亲生前曾说她是原单位的正式员工，后来工厂改制重建，被迫下岗，这些年退休后她很希望能有个身份的恢复，却始终没能如愿。老人家带着遗憾走了。冯秋为此痛恨在心，每天跑母亲单位去闹，最后被别人报警。

那天李夏挽扶着喝得烂醉的冯秋回家，大雨瓢泼，回到家后两人全身湿透。还没来得及换上衣服，冯秋突然抱住李夏哭得像个孩子，他说妈妈走了，以后再也不是孩子了。李夏不敢哭，怕哭了冯秋更难受，就紧紧抱住冯秋说，以后你就是我的孩子。冯秋红着眼睛说，我，我们都会老去吗？如果是的，为什么我会时常梦见小时候和老爹一起走过麦田下地耕作的场景。李夏眼泪汪汪地说，秋儿，我们去旅游吧，我提前退休，每天在家里给你做饭，陪你，让你不觉得苍老好不好？

李夏说到做到，她真的去申请提前退休。只是单位觉得她业绩不错不舍得，李夏还是毅然地辞职了。辞职后，李夏就每天查地图，筹备着跟冯秋出去旅游。冯秋单位不忙，到了他这个年龄，出入自由，就和李夏一起出去疯。他们穿情侣装摆 pose 拍照片，为了能够给李夏拍得更像明星大腕儿，冯秋专门买了单反学习摄影，将李夏最动人的瞬间记录下来。有一次他们在大理和旅友参加篝火晚会，夫妻俩拉着手围着篝火舞蹈，一瞬间，就像重回到少年时代。晚上回到酒店，李夏给冯秋搓背说，要是哪天我不在了，会不会有人替我给你将脊背洗得更干净。冯秋转过身子一把抱住她说，没有人能做到了，除了你。

那一晚特别冷，他们要开车赶回居住的城市，半路雪花飞舞，美丽得让人心碎。

大雪将高速路一层层地覆盖，路不好走，冯秋建议等雪化了再离开，但李夏说在车里看银装素裹的大地和河流，会很美，而且高速暂时没封闭，路上车流很少，开得慢些，没问题。于是他们就一边欣赏雪景，一边慢悠悠地驾驶。

车子行驶到一半，冯秋突然肚子疼，他建议到服务区解决，李夏说这样子会弄坏膀胱，从此在床上就没地位了。冯秋觉得李夏嘲笑她，但又觉得有道理。李夏严肃地说，停车吧，开警示灯，你去旁边的雪地里搞定再回来。冯秋觉得太危险。李夏回头看看说，后面一千米都没有一个车影，没事的。冯秋一咬牙，跳下车子，欢腾得像个兔子蹿向草丛的雪地里方便。

冯秋方便完毕，提起裤子要起身，突然愣在那里，他分明看到一辆飞驰的大卡车失去控制一样地索命似的朝他们的车子撞去。一定是雪地里刹车失控了。冯秋不敢相信自己眼睛，他惊恐地望着这一幕，喊叫的声音仿佛被世界所吞没。冯秋发疯般地朝车子跑去，可是来不及了。他们的那辆黑色的车子已经被撞瘪，远远地甩在另一头……

当冯秋抱着李夏冲进医院时，已经是一个小时后，他只听见自己打雷一样的心跳声，眼皮一直狂跳，他以前曾想过一百种灾难来临的方式，却偏偏没有想到会是这种。他发疯地抽自己耳光，骂自己混蛋。他摊开手，望着黏糊糊的妻子的血，终于号啕大哭。

手术室的门被重重地关上，像是地狱门合上的声音。

冯秋在医院蹲了一夜。直到第二天医生喊他，他才知道昨天发生的事情不是做梦。医生让他不要太悲观，手术很成功，不出意外，李夏应该会在一个小时内醒来。冯秋不敢相信自己的耳朵，太好了，一定是上天看他们这半生不容易，才给了一次重来的机会。冯秋想着从今天起，一刻也不要再离开李夏，活到现在才明白，这小女人才是他最宝贵的财富。

李夏果然醒了，脸色苍白地冲着冯秋虚弱地笑，她说车祸来临前，手里攥着那个木猴，正许心愿，一定是被老天爷感应到了，才救了自己一命。冯秋拼命点头，屋里虽然有空调，他还不住地将李夏的手放在嘴上哈气，生怕冻到她一丝一毫。外面的雪越下越大，李夏说我们的车呢？冯秋哭笑不得，说你就不要担心这个了，保险公司会赔偿的。李夏摇摇头说不是不是，车里有你给我买的饰品，还有上次在山上给我采的那束干野菊，最重要的是你最爱穿的衣服都在上面，都是洗干净熨烫好了。冯秋后来说，这是他这辈子最难忘的一句话了，比什么天崩地裂不离不弃的誓言好上一百倍。

转眼一周过去，李夏恢复的比想象中要快得多，她受不了牢房一样的医院消毒水的味道，闹着要出院，继续她的游山玩水。可是医生说让她不要着急，因为最头痛的事情很可能不是这次的车祸。

冯秋听到这里心生疑惑，他被医生叫到办公室说，他们行医一辈子，最大的向往就是尽快地告别这些病房里的人，但一切终归要面对，他希望冯秋能够接受这个意外的变故。冯秋心惊胆战，让他少啰唆，挑重点说。医生告诉他说，李夏得了脑癌，癌细胞已经转移，如果治疗恰当，可以延长至少半年的寿命。那一刻，冯秋像兜头浇了盆凉水，他死死地望着医生，过了很久说，我要转院，我要告你们，说你们欺诈病人，我老婆身体好得像头牛一样，怎么可能得这种病？纯粹胡扯。说完，情绪失控地在医生办公室破口大骂，直到医生将一叠报告书递给了他，冯秋才感觉胸口像狠狠扎了一把匕首，痛得再也呼吸不过来。

腿脚的伤就要痊愈，却迟迟不给办理出院手续。李夏急了，她骂冯秋没良心，受伤还不是因为他，这个节骨眼儿他竟然天天愁眉苦脸，一点模范丈夫的样儿都没有。而此时的冯秋心知肚明，他不能马上将这个噩耗告诉李夏。她那么热爱生活，热爱生命，要是告诉她她的生命不足三百天，她一定会受不了。而这是冯秋最不能看到的。他宁愿自己丢掉半条命，也不愿意看到那一幕。只是他已经签下治疗单，医生马上介入新的治疗，要瞒恐怕是瞒不住了。

冯秋想着等等吧，再等等吧，等她哪一天心情好了，再告诉她，这样最起码有个缓冲的时间。

但李夏就是李夏，他比冯秋想象中更聪明。那天冯秋进门之前努力地强颜欢笑，走了进去，看到李夏脸色苍白地望着窗外，冯秋突然有了不祥的预感。他心情忐忑的脚像灌了铅一步一步靠近她。

李夏突然转过头笑呵呵地说，你今天迟到了，我都烦死了，你得给我读以前你写给我的诗。冯秋心里很不是滋味，他这时候宁愿李夏号啕大哭一场，或者抓着他狠狠地打一顿骂一顿都行，但她这样子让他简直生不如死。

李夏看冯秋脸色不对，还在努力地抑制情绪，明白他心里快要承受不了，就说，老公，事情我都知道了，你也不要瞒我了，没事的，你看我车祸都死不了，小小的一场病算什么，要怎么治疗，我都配合，你不要不开心好吗？冯秋不敢哭，哭了更糟糕，病人的情绪很重要，他在心里不断地给自己打鼓说，只要坚持下去，也许会有奇迹，我是不会放弃的。

冯秋告诉李夏说，你只是得了一场小病，有一些脏东西进入脑袋，只要排出来就好了，我会一直陪着你。李夏笑得像个孩子，一点癌症病人身上的那种绝望气息都没有。回到家中，冯秋打车赶到单位，想都没想，直接递交了辞职书，理由简单到让人咂舌：为了老婆，我能放弃一切。

最让冯秋难过的不是李夏病情的恶劣，而是李夏那让他一想起就心酸落泪的样子。他有次问李夏，丫头，你怕吗？你要是怕，我就去陪你，免得你在那边孤单。李夏笑得一脸单纯自然说，怕什么，有你在我什么都不怕了，只要能多陪你一些时候，我吃多大的苦都愿意。在说这话之前，冯秋脑海中依然重复着李夏一颗一颗地将药丸吞下去的坚韧和乐观。她根本不像一个病人，如果她可以下床，冯秋都能想象出他第一次在班级里看她跳芭蕾舞的婀娜和妙曼。很多次，冯秋就这样子紧紧地攥住她的手，还说早上不能准备衣服给你穿，我肯定会不知所措的，你妈去世前这么交代我照顾你，我不能让她老人家失望，所以无论如何，我是不会丢下你一个人在这里的。

话到这里，李夏终于眼泪一串一串地滚落下来，这是一百多天的病情折磨后，冯秋看到的她流的第一次流泪。那一刻，冯秋觉得自己的心都碎了。

为了李夏，冯秋真的放弃了一切。每天除了吃饭睡觉，他把所有的时间用来陪李夏，还抱着一台电脑，四处寻找治疗这种病的妙方，打听延缓病情的名医。可是几个月过去了，李夏瘦得不成人形，几次化疗头发已经几乎秃顶，冯秋却帮不了一点忙。有一次，冯秋拿着网上找的药单来给医生看，医生摇摇头劝他省省心，说想要她回到以前，是不可能了，但并不代表没延长生命的概率，冯秋听到概率二字，马上兴奋起来，然后从得知冷冻身体未来复活的事情到决定这样做，冯秋只用了半天的时间。

所谓的未来复活，就是病人在恶疾垂死的前夕，接受科技冷冻的处理，将人的身体用极度的低温冷冻，等到五年以后，或者更远的未来复活。这听起来像是唯一拯救李夏的方式，但这样的风险可想而知。第一，他不接受已故病人，意味着要舍去这少得不能再少的时间去冒险留住最后的生命。第二，未来真的就能复活吗？冰冻的细胞真的能在几十年后再次恢复生机吗？第三，即便未来复活，但如果没有根治恶疾的手段，那么所做的一切都是功亏一篑。第四，如果真的复活了，那么怎么让她一个过去的人去面对五十年后的世界，她该多寂寞，多孤独。她要重新建立和这世界的交流，这将是一件多么困难的事。

然而冯秋认为是值得的，即便他有很多个不舍得，李夏的时间已经敲了警钟，癌细胞爬满大脑，医生已经宣布了具体病危的时间。他没有选择的余地，尽管医生一再强调并不承诺未来有复活的可能。既然过去回不去，那么只能依靠未来。至于未来的未来，妻子怎么样面对这个世界？冯秋想得很清楚，大不了一些年后，他也选择这样的方式跟她在一起，身体放置于她旁边，感应着彼此的气息，等到未来一起复活，然后继续陪着她。陪她认识世界，相依为命，陪她到天荒地老。冯秋想着想着，脑海中都会不自觉地浮现出未来的场景。

眼下最困难的是怎样将这一决定告诉老婆，她会配合会接受吗？想到这里，冯秋就心事重重，如坐针毡。李夏看出了老公的心事，就让他想说什么尽管说，到了这个节骨眼儿她什么都能接受。冯秋思来想去，一咬牙将冷冻复活的方式跟她说了。

李夏听了沉默许久，最后眼圈红红地点头说，老公，我可以接受，我都听你的，但你要答应我一件事，冯秋狠狠点点头。李夏说，如果，我说假如未来我们能醒来，你一定要找到我，保护我，没有你的胸口我一个人睡不着。还有，没有人给你做你爱吃的午饭了，我怕你照顾不好自己。

冯秋咬着牙不让自己哭，然而眼泪止不住。李夏又说还有，从今天起，我不要你再哭，你以前是个军人，不能随随便便流泪，流泪是我的专权，现在都被你领取了。冯秋一把紧紧地抱住骨瘦如柴的李夏，天哪，他是多么想要上天多给他一点时间啊。

冯秋签完合作手续到李夏宣布脑死亡只有一个月的时间。那天早晨，冯秋的汽车修好了，他驾车去医院，路上突然想起来什么。他停下车掀开后盖儿，瞬间愣住了，后备箱里套头衫、牛仔裤、登山衬衣整整齐齐，分类放好。他捧在手里捂在脸上，分明闻到了熟悉的妻子的味道。除了这些衣服，还有那束干的野菊花。冯秋轻轻地将野菊花拿起，放在阳光下，看着它露出妖艳而个性的美，然而只是一瞬间，风一吹，花瓣抖落，冯秋疯狂地去抓取，可是所有的美好顷刻间支离破碎了……

到了医院，冯秋看了下时间，并没有迟到，可是不知道怎么了，一定是最近休息不好，他刚走到医院门口，只觉得眼前一黑，然后扑通一声倒下了。等到他醒来，医生告诉他李夏目前正在接受躯体封存。听到这句话，冯秋突然像炸毛的狮子，情绪失控地跳起来，冲出病房，大喊我不要她离开我，我放弃计划，求求你们放过她，将她还给我。医生过来拉住他，其他人忍不住，都别过头去，生怕眼泪流下来。

冯秋永远忘不了那一幕，他看着李夏在那个椭圆形的容器里，被放入一个十平方米左右的玻璃罩子内，从此和他相隔咫尺。他甚至觉得只要轻轻喊一句，那边就会有答复，老公我在这里，我很好，你别担心我，照顾好自己，咱们未来见。

　　是的，我们未来见，我能想象那个美好的场景，我们走在热闹非凡的大街上，面对着更加川流不息的人群车辆，我们依靠着过去的回忆，满心欢喜地寻找对方的眼神，但愿在那个阳光明媚的午后，我们不要擦肩，而是你狠狠地撞进我的胸口，跟我说，亲爱的，好久不见，我真的很想很想你……

25
>>>

是的，我还想和你再念一次大学呢

　　我从没觉得念完大学有何优越感。当卧室的吊灯坏掉，我不能爬上去将原因找出并换掉；当伙伴的孩子生龙活虎过完童年，我不能给父母天伦之乐；当递上简历后老板无法读出我的姓名，我不能说不马上逃之夭夭……我就更产生深深的挫败感。唯一觉得安慰的是，逢年过节，我风尘仆仆地拿着学生证去买票，售票员扫一眼说，学生，半价。这时沉重的心才稍稍透亮一些。

　　念高中时，我喜欢一个姑娘，我向她表达爱意，姑娘看我朝气蓬勃，就半推半就，说了些俗套的毕业以后再恋爱之类的废话。她是尖子班，我是后进班，有一次她说她喜欢吃老北京糖葫芦，那天晚自习我打算给她买来吃，可是宿舍的一哥们儿被人欺负，我和另外几个哥们儿去增援。那一场架打得声势浩大，两败俱伤才散火。

我冒雨去后街的一家商店买了糖葫芦给姑娘，送到她班级门口时全身已经湿透。她在班里上自习，她的班主任揪到我，我报了姑娘的名字，结果姑娘出来后，她班主任说，我看这小子像晚上少年聚众斗殴的成员，你认识他吗？姑娘想都没想，摇摇头回了班级。后来她向我道歉，我原谅了她但心中有了疙瘩。

再后来我们考上大学，她花枝招展地来找我，热泪盈眶地说，现在我们可以正式谈恋爱了呢。看她一改当初沉闷的形象，我心里冰凉凉地说："对不起，我已经有伴了。"她当时脸色很难看，但很快恢复常态，冷笑道："少给我来这一套，臭流氓，我压根儿就没喜欢过你！"

高考那天，父母送我到考场，炎炎夏日，我汗涔涔地走进考场。第一科语文，我做得小心翼翼，似乎每道题都关系着我的人生。考场的风扇吱吱悠悠地转着，外面蝉声刺耳，身后的姑娘突然栽倒在我跟前。老师说过有些女孩高考期间压力过大会昏厥，我脑海中一直浮现出那姑娘被抬出去的情形，后背的衬衫都被浸透了。终于到了作文，我擅长的项目却没有任何思路，我浪费了很多时间去扣题，以至于当考试结束铃声响起时我才恍然大悟，我在第一轮征战中就义了。

退出考场那一刻我看见爸妈的身影，差点哭了。我爸拍拍我的肩膀说，没关系，明年再来，这时一个推销补习班的小伙子递来一张招生贴，我爸一把推开：走开啊，谁说我儿子用得着补习啊！那一刻，我握紧拳头，暗暗发誓，明年我只在一类学校里填一个名字。

高考结束，9 月，老爸送我去大学。我准备了笔记本、臂力棒和一些其他学科的书籍，但洋洋洒洒两个月过去了，用到的不过是一根网线。那些日子和我一样迷茫的还有上铺的哥们儿，我们像是从战场上走下来的战士，回到地方打发时光却有种生不如死的迷乱感。那段时间我们学会了喝酒和打游戏。

有天哥们儿拉我去体育馆，说俞敏洪来了，很励志，要不要取点经。体育馆乌烟瘴气，我坐不住，听了一半的演讲溜了出来。门口一个姑娘正在跟一个中年男子吵架，男子说，你以前读书时踏实用功，老师夸，亲友赞，年年学习标兵，你以前的短短的学生头多好看，你看现在这个样子，大学四年你到底干了些什么？

姑娘没有生气，心平气和地说："我学会了化妆，学会了打网球，学会了看法国浪漫主义小说，学会了恋爱，还学会了怎样做一个真正的女人。"男子大怒，扬手就要打姑娘，姑娘做了个鬼脸说everything is possible，然后逃之夭夭，与此同时我听到体育馆万人的喊声：everything is possible……

四年转眼即逝。大四那年，同学们突然变得忙碌起来，有的准备考研，有的进入单位实习，宿舍里很难聚齐所有的人。那段时间，我决定跨专业考研，然而压力巨大，为了排解压力，我选择了图书馆。在各种各样的图书阅览中，我慢慢发觉自己就是一个文盲。更加文盲的是，有一次我和同学乘校园摆渡车，同学明明投过硬币，被凶悍的司机冤枉说没投，要求同学道歉并补币。同学据理力争，司机跳过来抓住同学的衣领上来就是一个耳光。我的火一下子上来了，却被同学拦下，说要告到教导处。

走在回宿舍的路上，我暗骂自己太窝囊，从来没有被人这么欺负过。我看着同学更加窝囊的样子，忽然觉得不知什么时候丢失了高中时代热血的自己。后来这件事并没有惊动教导处，有天我问同学："委屈不兄弟？委屈的话，兄弟几个替你报仇。"他轻蔑地看我一眼说："别惹事，别跟那种人一般见识，我们是大学生！"

那天晚上，我很消沉，买票看了一部电影，是一个女学生被性侵的故事。我走出电影院，脑海中萦绕着那句有力的台词：我花了20年时间教育自己的女儿要保护好自己，你却没有花哪怕一分钟教自己的儿子要尊重女性。唉。

毕业的头一年，同学们都很迷茫，找到薪水诱人的工作，专业不对口，真正动起手来需要重新学习很多知识。待遇糟糕的工作，虽然简单，但熬起来似乎前景渺茫，看不到真正的方向。考到研究生的同学，又继续重复大学的生活，闲暇时经常胡思乱想，看看镜子里的面孔，像一个老小孩。

鉴于以上情况，我选择暂时以写稿为生，管他妈的以后怎么样，其实压根儿不敢想。年底，我遇到了隔壁专业的同学，我记得大学期间，他功课很棒，总得奖学金，到了社会却觉得处处碰壁，无法施展才华（可能还是学生气），后来急于赚大钱致使误入歧途进入传销，半年狼狈逃出已然口袋空空，消瘦得不成样子，无脸面见父母。

那天我们喝酒到深夜，他哭着跟我说，说出来不怕你笑话，空手套白狼，不签合同，上来就交押金到处搞推销的事情，我竟然相信了。他妈的，我的智商一定是给大学偷吃了。我说，那你怎么逃出来的，他说，关押他们的那座楼构造他很清楚，以前读了建筑学设画过图纸。他找了一条下水道溜了出来，然后报了警。我说，还说大学害了你？他叹口气说，我的图纸画到令一级建筑师惊讶又怎样，到头来，还不是教授认为我不会来事，pass 了吗？

有一年我搬家，从书架的底层滑出一本影集，我打开才知道是大学时代的照片。很多面孔我都认不清了，照片的背面写着毕业的时间。我不禁叹口气，是的，一转眼我毕业五年了。这五年来，我慢慢地从一个学生变成社会人。习惯了抽烟，买过股票，在酒桌上和 50 多岁的人称兄道弟，谈到荤段子不会脸红，跟姑娘的恋爱方式变成了工作、住房和生育，庸俗到觉得三千多元的尖头皮鞋才是男人魅力的象征。

有次我在酒桌跟朋友聊起红楼梦，竟然不记得贾雨村最后的归宿。还有一次公司改编一本经典的小说，让我通读一遍，讲给大家听，直到快要开会前一天，我才知道那本书我刚看了三分之一。并非偷懒，而是除了阅读速度变慢，打盹儿、走神和重读的次数渐渐增多。我丧失了阅读和学习的能力。我跟同学抱怨，同学撂金句，说读书是为了心平气和地跟傻瓜说话，健身是让傻瓜心平气和地跟你说话，那啥，去健身吧。

于是，我报了一家摔跤馆，有个小子第一天就看我不顺眼（大概看我文质彬彬好欺负），每次陪练他都将我摔倒，全身酸痛。我咬牙训练，过几天将他击倒报仇雪恨。我以为他会就此罢休，可是那天他跟我说，别神气，走着瞧。终于在一次团队赛中，他又将我打败。如此往复，我觉得这样不是办法，好像我们都是神经病一样。

后来我主动请他喝酒还向他请教。在酒席上，他慷慨热情，跟我之前认识的简直判若两人，他不好意思向我道出原委，他以为我一开始就不待见他呢——唔——我这么想的！那一顿酒我们喝出了友谊，当天晚上回家我们的车被人蹭了，还没找人算账，那帮人就冲上来对我们拳脚相向。那哥们儿想都没想，一把将我推开。我看着像电视里的小马哥一样杀进杀出，突然很感动。后来我拨了110，五分钟后，警察将所有的事情搞定。那家伙还没打过瘾，摸了一把鼻子笑呵呵地说，咦，这还能报警？

上个月，我们院系聚会，我开车回学校，在门口被保安拦下来。我拦住当年和我一样青涩的同学，问他以前学校可以随便出入，莫非现在得交学生证了吗？他扶了扶眼镜，说，当然，以防闲杂人进入，上周学校还失窃了呢！我点点头，突然身后有人拍我肩膀，一个中年大叔问我，学生，打扰下，你们学校怎么进去啊？那一瞬间，我不知道该难过还是开心，难过的是，这么多年了，难道我还没脱去这身学生气吗？开心的是，无论我多么老气纵横，只要我一回头，浅浅一笑，似乎青春扑棱一声就会落在我的肩膀。

那一刻，我明白了，唯一让我青春不死的，恐怕不是别的，就是大学。和众多良辰美景相比，青春是最无价的。在进入校园的那一刻，我总算想清楚了辅导员给的任务 —— 说一句对大学的印象。我想清楚了，无论大学给予我多少，剥夺我多少，我都得承认，大学之前，我是一个文盲，因为我不知道有那么多知识需要学习；大学之后，我是一个文盲，因为我学了越多的知识，越觉得空有一身皮囊，谈何骄傲？

可是大学给了我什么？现在我明白了，它给我爱，给我伤，给我撒野，给我颓废，给我无地自容，给我神气活现。它给我另一种灵魂，在我肉体被慢慢地腐蚀之后，生命突然重启，加血加敏，让我学会说 everything is possible。

26

>>>

我喜欢你，山重水复是你，柳暗花明也是你

读大学时，班级里有一对情侣。姑娘聪明伶俐，秀外慧中，笑起来像现代版的白娘子，羞涩时又有点像含苞待放的林黛玉。我之所以着重说姑娘，是因为相对于姑娘，男孩子比较平常。个头儿不高，踏实本分，院系的出头露面的事情大多与他无关，就是这样平常不能再平常的人，却懂得如何好好爱一个姑娘。

后来想想，大概男孩子投其所好，总是懂得姑娘的需要。做作业渴了，有润嗓的菊花茶。天气凉了，有突然送来的柔软的毛衣。有时冬天来例假，手脚冰凉，男孩子就楼上楼下地跑，给姑娘送热水和校外买来的热米粥。最难得的是，这厮连姑娘喜欢喝的红糖水

的牌子都铭记在心。

这样的男孩子除了无微不至地照顾，更懂得浪漫。情人节有巧克力，圣诞节有娃娃，生日有蜡烛，纪念日有玫瑰，还说过要牵着姑娘的手走遍山川河流，访尽异国他都，承诺只要姑娘困了，歪歪头就能靠上他的肩膀，只要姑娘累了，俯下身就能趴在他的脊背……总之，分分钟可以让姑娘脱口而出，我不爱这苦争恶战的世界，我只爱甜言蜜语的你。

那个时候，很多人羡慕他们，将他们的爱情故事当成模板，珍藏在鲜活稚嫩的青春里，一开启，就能闻到满世界浪漫的香味。棒极了。

虽然一切美好，却不会想到，校园的樱花会谢，诗歌会落伍，少年会老成，姑娘会成熟，恋爱的规则像每年的招生成绩的一样，一年一个样。

终于大学快要毕业，院系很多单身男女突然着急起来，邂逅、介绍、追击和迎合，人人都像突然接收到爱情末日的请帖，抓紧最后的光阴迅速敲定了心仪的目标。那种迫切的速度，就像离开了这个共同的集体，从此再也不会有爱的机会。

既然迅速，那么质量必然参差不齐，但我注意到，很多人选择对象目的性很强。

我要找一个本地户口的，这样我不至于遣返回乡。

我要找一个有车有房的，这样才能放开手过真正的高质量生活。

我要找一个研究生，这样我才能光宗耀祖，被街坊邻居啧啧称赞。

我要找一个公务员，过年光福利都能拿到手软。

我要找一个兵哥哥，这样我才能永远被人保护，生活得英姿飒爽。

我要找一个欧巴桑……额，这样子我就能体会到别人更多的关爱和体贴。

总之，理由千奇百怪，爱情稀里糊涂。真爱被打上标签，明码标价，那么真心就只能清仓处理，留给不够现实的人。

我记得那一年，很少有人再提及那对模范情侣。他们把他们的故事抛之脑后，当作沉默处理。模范情侣像过时的爆款产品，最终的出路，只能给那些只讲究用途而非潮流的落后者接纳。

只是，落后者并非愚笨。

他们说，我是本科生，我也找一个本科生，这样知识对等，共同进步，才看得见我们都不知道的未来。他们说，我是外异乡人我也找一个外异乡人，这样身份等同，价值相近，我们在一无所有之下创造出丰盛精彩的未来，很有趣。

她们说，我是公主脾气，好在慷慨大方，得找一个性格温柔、小心翼翼的男孩子，这样子，我们能熬得过风雨的洗礼，也迎得出彩虹绽放的美丽。

但说了这么多，这些毕竟是凤毛麟角，掰掰指头细算了下，真正因为踏踏实实相爱而在一起的，整个院系不超过三对。

毕业聚餐的那一天晚上，我看着出双入对的同学，热闹的场面简直是现实版的韩剧剧情的火热上演。我看富二代的钱包鼓囊囊，我看小萝莉的眼神亮晶晶，我看大御姐的口气很嚣张，我看乖公主的拥抱很做作。那一刻，我很想知道他们一些年后的样子。

时间转眼就是五年后。我们又在同样的地点，同样的人物聚餐，而当年的场景已经成为红楼梦的后三十回。富二代的离婚证很扎眼，小萝莉的眼袋很幽深，大御姐在电话里破口大骂，乖公主不死心，又找了上段恋情的接班人。我一声叹息，想了想，除了那对一开始的模范情侣余温尚存，整个院系的情侣大部分分道扬镳。

我曾经问过模范情侣的姑娘，像你这样的出身和长相，如果要挑选，基本上追求者能并列成一排，为什么单单选择了他？

姑娘看看男孩子说，我没有信心能够走下去，是他给我信心，我没有能力去爱人，是他教我去爱，我可以舍弃刺眼的光环，但我丢不掉踏实的依靠。

我说，道理果然很感人，不夸张地说，肯定吃了不少苦吧？

姑娘一笑说，那自然是，一起吃苦的满足总比得上一起享乐的空虚。前者看得见摸得着，后者像踩着云朵摸彩虹，有一种不着地气的恐慌。所以，我庆幸一开始的选择。

姑娘越说越深奥，简直有点像恋爱大全，对于我这样一个单身狗，自然有点消化不了。但我看着男孩子为姑娘挡酒，姑娘为男孩用纸巾擦嘴，男孩子句句都挂着姑娘的名字，姑娘声声都夹带着幸福，我知道原来苦尽甘来，势均力敌的爱情是靠谱的。

最起码，是留给爱情一方乐土的。

因为我从单身的阿离的眼神中看到了激情的熄灭，我从自由的老白的锃亮头发上读出了孤独，我从暴发户彪哥口气中听出了自卑。我知道他们曾经也是幸福的，只是这幸福从一开始目的明确，条件清晰，那么给赤诚的爱腾出的位置就少之又少。

说这样的例子的时候，我也曾有过单纯到令人发笑的曾经。

读书时代，老师让我们在黑板上写理想。首先跃入我脑海的是集团 CEO、影视巨星、歌神，甚至还有旅游体验师、动物园馆长等稀奇古怪的职业，但我记得那天我却在黑板上稀里糊涂地写下了班级的一个姑娘的名字。后面还画了个心形，歪歪扭扭地像唇印。当场姑娘脸红，跑出教室。老师大怒，让我回去叫家长，我说"焦点访谈"讲究实话实说呢，这就是我的理想，谁说初恋不能是理想。

后来姑娘成了我的秘密女友。她生活在以我理想命名的年代里，像个特工似的躲避学校的绞杀老师的追捕，却从来没有说过放弃。我以为我们会长久，只是我以为，后来姑娘终于不能免俗地消失于人海，生活在我过往的回忆里，她像一首老歌一样弹吉他吟唱，给我留下青春里不能说的秘密。

只是，不算太坏。过去之所以有意义，可以说出很多大道理，但我只记得我喜欢你。山重水复是你，柳暗花明也是你。全世界都在谈，奈何，我们只是路过，只有我想要说，不谢，我在终点等你。

后记：以后的以后，
你要过得比所有人都漂亮

　　我有花样年华，你有如火青春，我喜欢年少如花的你，你喜欢心里有光的我。

　　这些短篇的故事或随笔，我将他们记载下来，证明我们曾经存在过，即便是失去，那也是轰轰烈烈，值得一提。

　　它们是炎炎烈日下的一记耳光，它们是大雨倾盆中的一次欢呼。

　　它们是满城烟火中的不期而遇，它们是人山人海中的逆向行驶。

　　它们是昨天盼望今天的热忱，是今天缅怀曾经的失落。

　　它们是一脸赤诚的你，它们是浑身伤疤的我。

　　它们是假如，是终于，是奈何，是听说，是可是，是总算，是从前的从前，是以后的以后。

它们是时间罅隙里最美的一页。

我想说，我要给你一点力量，因为我曾经和你一样遍体鳞伤。

我想说，我给不了你任何帮助，因为文字之外，你需要久病成医。

我想说，总有一个人会爱你，然后你会发现失去没有什么了不起。

我想说，治愈痛苦的不是新颜，不是改款，而是更加巨大的痛苦，这样子，我们人生才足够经典。

我想说，以后的以后，我不想去吝啬我的疯狂。

我想说，以后的以后，你要过得比所有人漂亮。